李振华　丁慧琴　著

去看看宋词诞生的地方

山东画报出版社

图书在版编目（CIP）数据

去看看宋词诞生的地方 / 李振华，丁慧琴著. —— 济南：山东画报
出版社，2019.3

ISBN 978-7-5474-2669-2

Ⅰ.①去… Ⅱ.①李… ②丁… Ⅲ.①宋词 – 文学欣赏 Ⅳ.①I207.23

中国版本图书馆CIP数据核字（2018）第020823号

去看看宋词诞生的地方

李振华　丁慧琴 著

责任编辑　郭珊珊
美术编辑　李海峰　崔腾飞
装帧设计　光·合·时·代
　　　　　　　35592902@qq.com

出 版 人　李文波
主管单位　山东出版传媒股份有限公司
出版发行　山东画报出版社
　　　　社　　址　济南市市中区英雄山路189号B座　邮编 250002
　　　　电　　话　总编室（0531）82098472
　　　　　　　　　市场部（0531）82098479　82098476（传真）
　　　　网　　址　http://www.hbcbs.com.cn
　　　　电子信箱　hbcb@sdpress.com.cn
印　　刷　山东临沂新华印刷物流集团有限责任公司
规　　格　160毫米×230毫米
　　　　　　　11印张　152幅图　120千字
版　　次　2019年3月第1版
印　　次　2019年3月第1次印刷
印　　数　1–3000
书　　号　ISBN 978-7-5474-2669-2
定　　价　35.00元

如有印装质量问题，请与出版社总编室联系更换。

建议图书分类：文学/中国古诗词

　　我们夫妻自小就非常喜欢唐诗宋词，并坚信唐诗宋词是人类永不失效的精神食粮。自唐宋以来，历朝历代出版的唐诗宋词版本数不胜数，带译文的、带插图的，不一而足。但是，在这所有的版本中，对诗词的诞生地、诗词中的描写地，都是客观的简述或想象中的绘图，一般读者会认为诗词中所描述的只是虚无缥缈的想象，无法产生身临其境的感受。

　　于是，我们萌生了一个想法，到唐诗宋词的诞生地及描写地去，看一看那里的真实场景，探秘诗词诞生的故事，让更多的读者跟随我们的脚步走进唐诗宋词，体验一番独特的立体阅读。2015年7月，我们一起驾车从山东鲁酱酒业有限公司大院出发，沿着古代文人骚客的足迹，踏上了"寻访唐诗宋词之旅"。历时半年，我们顶风冒雨行驶两万三千多千米，走过十九个省、两个直辖市。我们回顾当年诗人写作相关诗词的历史背景，探寻写作的具体过程及相关逸事，更为重要的是，要用简短的文字记录千年之后这里所发生的变化，以及我们来到这里的所见所闻、所思所想。我们用相机拍下这里的真实场景，告诉读者，历史上的名诗佳句就诞生于此，唐诗宋词描绘的意境来源于此。

在唐诗宋词的释读方面，这是一个全新的突破，在过去面世的所有唐诗宋词释读版本中前所未有。

一路上，我们遭遇了许多艰难，也邂逅了无数感动。

忘不了，遇到被雨水冲垮的道路，我们只能在风雨中彻夜等待；忘不了，为了寻找拍摄的最佳角度，我们冒险爬到高山上的悬崖拍摄；忘不了，在我们寻找有关遗址时，总会有当地好心人带路；忘不了，当我们对有关史实产生困惑或疑问时，总会有当地专家学者为我们解疑释惑。

这本书能够与读者见面，要感谢的人太多了！在此一并致谢！

目录

念奴娇·赤壁怀古

苏 轼

大江东去，浪淘尽，千古风流人物。故垒西边，人道是，三国周郎赤壁。乱石穿空，惊涛拍岸，卷起千堆雪。江山如画，一时多少豪杰！

遥想公瑾当年，小乔初嫁了，雄姿英发。羽扇①纶巾②，谈笑间、樯橹灰飞烟灭。故国神游，多情应笑我、早生华发。人生如梦，一樽还酹江月③。

① 羽扇：羽毛制成的扇子。
② 纶巾：配有青丝带的头巾，古代儒将的便装打扮。
③ 一樽还酹江月：这里指将酒浇在地上酹月。

这首词是苏轼被贬黄州（湖北黄冈）时所写，那时他因"乌台诗案"被贬黄州已有两年了，心中有无尽的忧愁无法表达。有一天，他来到黄州城外的赤壁矶，这里壮丽的风景触动

⊙赤壁风景区前的苏轼塑像

了他的心，尤其是他在这里追忆起当年三国时期赤壁大战的东吴统帅周瑜的潇洒英姿，感慨不已，写下了这首词。

这是苏轼的代表作之一，可以说人人皆知。它通过对古代战场的凭吊和对历史风流人物的追念，表达了苏轼怀才不遇、功业未就的忧愤之情，同时也表现了他关注历史和人生的旷达之心。全词雄浑苍凉，大气磅礴，将写景、咏史、抒情融为一体，具有撼魂荡魄的艺术力量，被誉为"千古绝唱"。

苏轼，今四川眉山人，"唐宋八大家"之一。他的诗、词、赋都有极高的成就，并且善于书法和绘画，是中国文学艺术史上罕见的全才，但他却因反对王安石变法，并在诗文中有所流露而被治罪，差点被砍了头，最后被发配黄州。

出黄冈古城汉川门，北面有一座小山陡峭如壁，因山石颜色赤红，人称赤壁，现在这里被称为东坡赤壁风景区。远远望去，那大小不等、古色古香、错落有致的亭阁楼榭半隐在翠绿丛中。

走进景区大门，苏轼的塑像正义凛然地挺立在面前，衣髯飘逸，凝神伫立。

在这里需要做两点说明，一是苏轼来黄州时叫苏轼，因他在这里的东坡上躬耕垄亩，便自号东坡。从此，人们就叫响了这个名字。二是现在人们认为真正的三国赤壁大战发生在湖北赤壁，因此便称这里的赤壁为东坡赤壁。

与苏轼"打过招呼"，继续向前，一条红褐砂石的石阶小道顺山势蜿蜒而上，每级石阶的中部都被磨得向下凹陷，显得和岁月一样沧桑。小道的右侧是红褐色的峭壁，左侧是用白玉条石砌成的护栏，护栏下面是片片竹林。一阵轻风吹过，竹叶簌簌作响，像是在向我们热情致意。

坡仙亭坐落在赤壁矶头，亭内三面墙壁上嵌有历代名人的书画碑刻，其中苏轼的书画碑刻最为世人注重。正是由于这些珍贵的书画碑刻，使得坡仙亭成为东坡赤壁最重要的亭阁之一。它的旁边是酹江亭，取苏轼这首词中"一樽还酹江月"之意。山上的栖霞楼是宋代黄州四大名楼之一，位于赤壁最高处，因为这座楼背山面江，落日时晚霞染红大江，映照楼身，

⊙苏轼就站在这赤壁矶上作了这首词。

就像霞光跑到楼里栖息，故名栖霞楼。

宋时，赤壁矶的绝壁下就是浩浩长江，苏轼就是站在这里唱出"乱石穿空，惊涛拍岸，卷起千堆雪"的波澜壮阔。如今，长江已改道向后退去两三千米远，赤壁矶下是一泓清波。

站在赤壁矶上，敞开胸怀，迎着对面吹来的江风，放声朗诵："大江东去，浪淘尽，千古风流人物……"心中立时激情豪迈，仿佛看到苏轼与好友在月夜泛舟于赤壁之下，仿佛看到他与好友举樽共饮，"诵明月之诗，歌窈窕之章"。

斗转星移，虽然长江已向后退去，但是这里仍充盈着苏轼留下的浩然之气。

⊙黄冈城外的长江

卜算子·黄州定慧院寓居作

苏　轼

缺月挂疏桐，漏断①人初静。

谁见幽人独往来，缥缈孤鸿影。

惊起却回头，有恨无人省②。

拣尽寒枝不肯栖，寂寞沙洲冷。

① 漏断：指深夜。漏，古人计时用的漏壶。

② 省：理解，明白。

　　苏轼因"乌台诗案"被贬，刚来黄州时，住在定慧院，这首词就是这一时期所作。词中借月夜孤鸿这一形象托物，表达了词人孤高自许、蔑视俗流而又徘徊不定的心境。

　　"乌台诗案"是对苏轼打击最大的劫案。乌台，即御史台，是朝廷官署名。古时，御史台中有柏树，有大批乌鸦栖居在这里，所以称御史台为乌台。

苏轼步入仕途的时候，正是王安石变法的时期。朝中革新派和守旧派两派对峙，斗争非常激烈。苏轼是站在守旧派立场上的，多次上书宋神宗，表明自己的反对态度，请求停止变法。这当然没有结果。后来，他想离开这个政治斗争的旋涡，就请求到地方任职。请求获准后，苏轼先任杭州通判，三年后，又到密州、徐州、湖州等地任知州。在这期间，苏轼针对新法推行中出现的问题，写了一些讥讽新法的诗文，引起一些人的不满。

后来，他们搜集了苏轼的大量诗文，曲解附会、无限上纲，指控苏轼以诗文的形式散布反动言论，反对新法，指斥皇帝，要求从重处置苏轼。

此时苏轼在湖州（浙江）任职，宋神宗接受了这些大臣们对苏轼的指控，派遣太常博士皇甫遵赴湖州逮捕了苏轼，押解至京城，投入御史台的监狱。

经过严刑审理，苏轼不得不承认自己的"反动行径"，多亏有众多大臣替他求情，皇上才饶他不死，将他发配到黄州。

那一年，在御史台差役的押解下，苏轼和他的儿子正月初一就凄凉上路了，在路上整整走了一个月，二月初一到达黄州。那时，定慧院是一座小寺，苏轼就先住在了这里，在一个个难眠的长夜里，多少次，苏轼悄悄走出定慧院，来到江边举目远眺。有一次，他看到一树梧桐叶遮挡着一钩残月，一只惊鸿从远处的丛林中飞来，绕树三匝，却不肯栖下，哀鸣一声，飞落在江里清冷的沙洲上。苏轼心中一动，联想到自己的遭遇，写下了这首词。

刚刚经过一场劫难的苏轼，来到一个举目无亲的偏僻地方，孤独痛苦的心情是可想而知的。这首词表达了他缥缈凄冷的境遇。

关于这首词，有的资料还记载着这样一个小故事：惠州有一位非常漂亮的姑娘，年方十六，不肯嫁人。有一天，她听说苏轼来到惠州，心中大喜，便每天夜间都来到苏轼的窗前，徘徊不定。那天夜里，苏轼发现窗外有人，便推开窗户，而那姑娘却赶紧逃走。后来苏轼离开了惠州，那姑娘因思念他而去世，葬于沙滩旁边。等到苏轼再回到惠州，知道了这事，他心中极度悲伤，便写下了这首词。

应该说，这只是故事而已，不过却很凄美。

定慧院故址在现在的黄冈市自来水公司院内。现在来到这里，已看不到古时的任何痕迹，四周都是林立的高楼。

站在定慧院故址前，遥想苏轼当年，他与一只孤鸿何其相似：仕途上刚刚受到致命打击，惊慌失措，不知道出路在哪里，寂寞、孤独、彷徨，但永远也不改那高洁的品格。

⊙黄冈市自来水公司后院小景

临江仙

苏 轼

夜饮东坡醒复醉，归来仿佛三更。家童鼻息已雷鸣。敲门都不应，倚杖听江声。

长恨此身非我有，何时忘却营营①？夜阑②风静縠纹平③。小舟从此逝，江海寄余生。

① 营营：周旋、忙碌，形容为利禄钻营。
② 夜阑：夜尽。
③ 縠纹：比喻水波细纹。縠，绉纱。

这首词作于苏轼被贬黄州的第三年，写作者深秋之夜在东坡雪堂开怀畅饮，醉后返回临皋住所的情景，展现了作者旷达而又伤感的心境。

苏轼初来黄冈时住在定慧院，后来他的家人来了，共有二十余口，定慧院住不下，就住在城南长江边上的临皋亭。临皋亭又名回车院，宋时是驿站。在黄州郡守徐君猷的帮助下，苏轼在黄州东坡的一处废弃的营地上，开垦了一片田地，种上了庄稼。因这地方被人们称为东坡，苏轼便自号东坡居士。没想到以后他这别号叫得比他的名字还要响亮。

后来，苏轼又在东坡新建了一座茅屋，命名为雪堂，一家人分两处居住，比以前宽敞了许多。

那年九月的一天，苏轼邀了几个好友，泛舟于黄州的江面上，后又到雪堂夜饮，半夜三更才醉归家门。只听得屋里家童鼾声大作，门都敲不开，他心里很是伤感，只好在门口"倚杖听江声"，顺便填了这首词。

他一时兴起，又把刚才夜饮的好友招呼过来，一起将这首词唱了好多遍，才各自散去。

宋时的临皋亭在现在的黄冈中学老校区，一进大门，左侧的高地便是。

⊙树荫深处是东坡雪堂

现在来到这里，轻轻地向着那高处走过去，心里想象的是走向苏轼的临皋亭，脚下却明明踩的是校园的甬路。当年临皋亭是紧临长江的。此处的长江水，有的就是来自苏轼家乡峨眉山的雪水。所以他便将此处视为故乡。他在文中写道"何必归乡哉"，其实正说明他思乡情太切啊，读来心中不胜酸楚。

站在高处，仿佛真的就站在当年苏轼的家门口，回首一望，现在矗立着教学楼、办公楼的地方，那时还是滚滚的长江，是苏轼与好友泛舟的地方。

据说，这首词写成后的第二天，还发生了一件有趣的事：当夜苏轼作了这首词后，与酒友们"大歌数遍"后各自散去，第二天便有人传言，苏轼将衣服挂在江边，驾着小舟不知去了哪里。郡守徐君猷听说后，又惊又怕，一是出于对苏轼的关心，二是因为苏轼还是戴罪之身，不辞而别那是潜逃，证明郡守未尽看管之责。于是，他赶紧带人前去打探虚实，发现苏轼还在熟睡中，鼾声如雷，他才高兴地放下心来。

我们的苏轼，我们的东坡，在严重的政治迫害下，他的内心是痛苦的，但他不会被痛苦压倒，他表现出的是一种超人的旷达。

定风波

苏 轼

三月七日，沙湖道中遇雨。雨具先去，同行皆狼狈，余独不觉。已而遂晴，故作此词。

莫听穿林打叶声，何妨吟啸①且徐行。竹杖芒鞋②胜轻马，谁怕？一蓑③烟雨任平生。

料峭春风吹酒醒，微冷，山头斜照却相迎。回首向来萧瑟处，归去，也无风雨也无晴。

① 吟啸：吟咏长啸。
② 芒鞋：草鞋。
③ 蓑：蓑衣。

1082年春天，眼看回京城无望的苏轼，得知黄州东南三十里处的沙湖土地不错，便在那里买了些荒地，准备亲自耕种，以维持全家人的生计。三月七日这天，他约了几位朋友，一起去看他新置的田产。一路上，春风拂面，鸟语花香，引得苏轼不停地驻足赏叹。不知不觉中渐渐落在众人后面，只有几位年纪稍长者与他同行。

　　哪里料到，忽然间吹来一阵山风，马上就下起一场潇潇春雨。虽说出门时已备好了雨具，可同行者为照顾他们这些老者，替他们背了雨具先行而去。这下可好，一场雨将他们淋了个透。朋友们都觉得被雨淋得很狼狈，有些怨言，唯独苏轼不这样想。

　　一会儿工夫，云开雨停，斜阳相照，令苏轼怦然心动，来了灵感，轻轻一吟，便成了这首佳作。

　　寻找苏轼当年走过的路，现在已找不到沙湖。不过，经确认，苏轼当年淋雨的地点应在现在黄冈东南望天湖至毛安林场之间。

　　从黄冈出发，一路走来，路两旁都是楼房连着楼房，与苏轼当年的所见已是天壤之别。

　　越过望天湖，继续往前，路两旁出现一点乡村气息，有绿油油的田野，有清凌凌的水塘，有水鸟从天空悠悠飞过，好一幅美丽的田园画卷。

　　我们坚定地相信，当年苏轼就是从这里的田间小路上走过的，就是在这里被可爱的雨水淋了个透。

　　下了公路，走在弯曲的田间小路上，我们的脚印仿佛与苏轼的脚印重叠在一起。在这样的氛围中感受着苏轼这首词的意境，自然别是一番滋味

⊙当年，苏轼就是在这里遇雨的。

⊙当年，苏轼曾经从这里的小路上走过。

在心头。

　　苏轼当年遇到的本是一场常见的春雨，在常人看来是再平常不过，而苏轼却从中产生了更深的感受。

　　他对官场的险恶生活非常厌倦，渴望摆脱这种生活，退隐江湖，过一种淡泊宁静、无欲无求、轻松自由的生活，结尾"回首向来萧瑟处，归去，也无风雨也无晴"这饱含人生哲理意味的点睛之笔，道出了词人在大自然微妙的一瞬所获得的顿悟和启示：自然界的雨晴既属寻常，那么，人生中的政治风云、荣辱得失又何足挂齿？

　　路边不远处是望天湖，那里碧波荡漾，水光接天。尤其难得的是望天湖没有工业污染源，湖水非常清澈，成群的鱼儿在里面畅游。

　　历史上，这湖与长江曾是相连的，可惜苏轼当年没见过望天湖，若不然，他一定会把自己想象成一条鱼儿，跃入江中，逆流而行，直游到自己的家乡。

浣溪沙

苏 轼

游蕲水清泉寺，寺临兰溪，溪水西流。

山下兰芽短浸①溪，松间沙路净无泥，萧萧②暮雨子规③啼。

谁道人生无再少？门前流水尚能西，休将白发唱黄鸡④。

① 浸：泡在水中。
② 萧萧：一作"潇潇"。
③ 子规：布谷鸟。
④ 唱黄鸡：黄鸡可报晓，感慨时光流逝。

苏轼在沙湖买了一片荒地，约好友前去观看，没想到在半路上被一阵春雨淋了个透。

一起去看荒地的朋友中有一位叫潘大临的年轻人，他背着苏轼的雨具在前面走得飞快，提前到了蕲水县

⊙过去的清泉寺，现在的闻一多纪念馆

⊙清泉寺遗址

⊙清泉寺遗址处新建的亭子

城，告诉在这里任县尉的父亲潘鲠，苏轼马上就要来了。

潘鲠立即安排住处，父子俩又一起出门迎接苏轼一行。

你看这潘大临，完全是一番好意，却害得苏轼遭了雨淋。

也不知是不是雨淋的缘故，没过多久，苏轼的左臂便疼痛难忍，并很快红肿起来。第二天，潘鲠便带苏轼前往麻桥庞安时那里诊治。

庞安时是蕲水一带有名的医生，他久闻苏轼大名，并非常佩服，今天能为苏轼治病，自然是特别高兴。他仔细地查看了苏轼的左臂，诊断为患药石之毒，并非风气所致，便给苏轼进行针灸治疗，很快就有了效果。

庞安时这人从小就非常聪明，医术也很精湛，只可惜他耳聋，听不见别人说话，苏轼只能靠打手势与他交流。两人很快就成为好朋友。

有一天，他们相约一起游了蕲水有名的清泉寺，这首《浣溪沙》就作于此。

苏轼所说的蕲水县，就是现在的浠水县，清泉寺仍在城东。

只不过，我们来到这里时，发现清泉寺已变成闻一多纪念馆。

原来，清泉寺在历史上有多次毁建，在"文革"前期，被彻底废弃，改为浠水县盐库，后来又被县政府改建为闻一多纪念馆。

来到这里，迎面所见，就是闻一多铜像巍然屹立在开阔的院中。铜像后面是一座庭院式仿古建筑群，三栋平房和一栋二层楼房被回廊连成一体。展厅内容为闻一多生平事迹简史，碑廊内容以毛泽东、周恩来等老一辈无产阶级革命家关于闻一多的唁电、悼词、挽联为主，还有当代领导人和书法家为闻一多的题词或敬录闻一多的诗文。

院中有一井一池较为引人注目。井就是那富有传奇色彩的清泉井，传说唐朝时，人们偶然挖到这口井，井水甘洌异常，人们便称这井为清泉井，寺为清泉寺。池就是相传书圣王羲之曾来这儿习字的汰笔池——"羲之墨沼"。

纪念馆后面有一条小路，可绕到后面的凤栖山上，这里茂竹丛丛，竹丛中有古亭，旁边有一块石碑，上面刻有"清泉寺"三个大字，似在告诉我们，这里确是当年苏轼与庞安时来过的地方。

我们特意观察了苏轼描绘的山下的兰溪，清清溪水仍然轻快地向西奔流着，像在无悔地证明着苏轼千古名句的无比正确。

望江南·超然台作

苏　轼

春未老，风细柳斜斜。试上超然台上看①，半
壕②春水一城花。烟雨暗千家。

寒食后，酒醒却咨嗟③。休对故人思故国④，
且将新火试新茶。诗酒趁年华。

① 看：一作"望"。
② 壕：护城河。
③ 咨嗟：叹息、慨叹。
④ 故国：这里指故乡、故园。

苏轼在杭州任通判期满后，被调往密州任职，担任这里的最高长官。当时的密州即是现在的山东诸城，那时这里属于贫困山区。

第二年八月，他命人修葺城北的旧台，让弟弟苏辙题名"超然"，并

⊙新建的超然台

作《超然台赋》予以赞咏，闲时便与好友登台。这年暮春时节，苏轼又登超然台，眺望春色烟雨，触动乡思，写下了这首词。

此时的苏轼虽与王安石变法的观点不同，但尚未发生"乌台诗案"。这首豪迈与婉约相兼的词，通过春日景象和作者感情、神态的复杂变化，表达了词人豁达超脱的襟怀。

超然台历经朝代变更与兵荒马乱，在如此久远的历史长河中，历代贤达人士曾多次维修。元代重修两次，明代重修五次，清代重修七次。

1928年，国民党将领杨虎城为追赶北洋军阀顾震，率兵进驻诸城，曾登台瞻仰苏公祠及台上石刻，赞叹不已。当时诸城城里掀起一股砸庙毁神之风，杨虎城下令保护超然台，使其得以保全。

1947年，诸城解放。为了防止国民党军队再据诸城，第二年政府下令，

⊙超然台下的仿古碑

调集全县民工拆除诸城古城墙，超然台也毁于这次拆城。台上屋宇被拆除，刻石被埋在城壕内，顷刻间，超然台仅剩一堆土石。

直到2007年秋，超然台在消失了近六十年后又在原址附近开工复建。

现在来到超然台下，从下面往上看，开始只以为超然台就是一个顶上筑有几栋楼阁的台子而已，沿台东侧城墙坡道的台阶一步步登上去之后才看到，台体内居然还有两层面积很大的展馆，主要展示苏轼在密州的岁月和他的生平典故。

如今的超然台上四周砌有一米多高的城墙垛口，台上有慕贤亭，里面陈列着《超然台记》和秦二世诏书等碑刻。旁边有仰苏堂，里面陈列着苏轼作品的拓片。另外，这里还是苏轼《水调歌头》的诞生地。

超然台上依然留存着苏轼的超然之风。

站在台上回望四周，早已看不到苏轼时期的"半壕春水"了，那时是"烟雨暗千家"，现在却是超然台被高楼紧紧簇拥着，台下百花灿然绽放。

旧貌换新颜。

水调歌头

苏 轼

丙辰中秋，欢饮达旦，大醉，作此篇。兼怀子由①。

明月几时有？把酒问青天。不知天上宫阙，今夕是何年。我欲乘风归去，又恐琼楼玉宇，高处不胜寒。起舞弄清影，何似②在人间！

转朱阁③，低绮户④，照无眠。不应有恨，何事长向别时圆？人有悲欢离合，月有阴晴圆缺，此事古难全。但愿人长久，千里共婵娟⑤。

① 子由：苏轼的弟弟苏辙的字。
② 何似：哪里像。
③ 朱阁：朱红的华丽楼阁。
④ 绮户：彩绘雕花的门户。
⑤ 婵娟：指月亮。

苏轼本来在京城做官，因为与当时极力推行变法的王安石等人政见不同，便要求到地方去，辗转在各地为官。那时他的弟弟苏辙在济南做官，

⊙苏轼当年通宵饮酒并作这首词的地方

　　他曾经要求调任到离弟弟较近的地方，希望兄弟能有多一点的机会相聚。但却到了密州，与弟弟相见这一愿望仍无法实现。这年中秋，皓月当空，银辉遍地，他与朋友通宵畅饮。他与弟弟苏辙已经分别七年了，一直未能团聚。在醉意朦胧时，他又想起了弟弟，于是挥笔写下了这首名篇。

　　这首词反映了作者复杂而又矛盾的思想感情。一方面，苏轼怀有远大的政治抱负，当时虽然身处远离京都的密州，政治上很不得志，但他对现实、对理想仍充满了信心。另一方面，由于政治失意，理想不能实现，才能得不到施展，因而对现实产生了一种强烈的不满，滋长了消极避世的思想感情。不过，在这首词中，贯穿始终的还是他那种热爱生活与积极向上的乐观精神。

　　这首词就作于诸城的超然台上。

　　从东侧登到超然台上，台阶先转向北，又登数级，再转向西，便是超然台朝东开的垂花门，入门就是超然台了。

城墙的东西两头各有一座角楼，那是台内展厅通往台顶的通道。台上有仰苏堂。

走进仰苏堂，里面布置得古色古香，仿古的八仙桌，仿古的木椅，都似在默默地回忆着当年那个明月皎洁的秋夜。就是在这里，苏轼与好友频频对着明月举杯，一直喝到天亮，那个场景一定非常热闹。

静静地看着眼前的一切，仿佛还能听到苏轼他们喝酒、劝酒的吵闹声，仿佛还能闻到浓烈的酒香。

后面的墙壁上，悬挂的就是苏轼的这首《水调歌头》。

超然台内是两层的大展厅，陈列以碑刻、字画为主，展示了苏轼在密州的活动和传说等，通过文字、图片、声像以及高科技手段，全面展示东坡文化的内涵。

特别引人注目的是中厅那"明月几时有"的动画场景，模拟了苏轼在超然台上赏月、喝酒、作词的情景，栩栩如生。

在这里，我们能看到，苏轼不仅在文、诗、词三方面造诣极高，而且他在书法、绘画方面的成就也很突出，不由得让我们对他更加敬仰。

江城子·密州出猎

苏　轼

老夫聊发少年狂，左牵黄^①，右擎苍^②，锦帽貂裘，千骑卷平冈。为报倾城随太守，亲射虎，看孙郎^③。

酒酣胸胆尚开张。鬓微霜，又何妨。持节^④云中，何日遣冯唐？会^⑤挽雕弓如满月，西北望，射天狼。

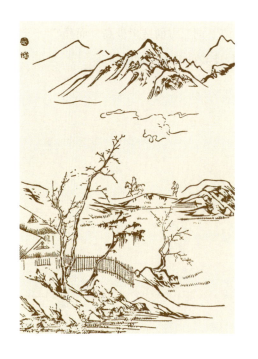

① 黄：黄犬。
② 苍：苍鹰。
③ 孙郎：孙权曾亲自射虎于凌亭，这里借以自指。
④ 节：符节。汉时，冯唐曾奉文帝之命持节复用魏尚为云中太守，这里有盼望被朝廷重用的意思。
⑤ 会：当。

苏轼在山东诸城为官时，有一年冬季，他带领部下出城打猎，作了这首词。词中他自称"老夫"，其实这

⊙常山上的雩泉亭

时他才刚刚四十岁出头。

这是宋人较早抒发爱国情怀的一首豪放词，在题材和意境方面都具有开拓意义。整首词气势雄豪、淋漓酣畅，读之令人耳目一新，对宋时爱国词的词风有直接影响。

对于苏轼的这次出猎，有人认为是他偶然的一时豪兴，但也有人指出，古时的这种出猎，应看作是平时练兵的一种方式。苏轼素有报国信念，因这次出猎而得到鼓舞，以致信心十足地要求赴西北疆场弯弓杀敌。

当时西北边事紧张，西夏大举进攻，一度攻陷好多州城，词中"会挽雕弓如满月，西北望，射天狼"，就是指宋与西夏的战事。

词中用了一个"遣冯唐"的历史典故：汉文帝时，魏尚为云中太守，地点在今内蒙古自治区托克托县一带，包括山西西北部分地区。匈奴曾一度来犯，魏尚亲率车骑出击，大获全胜，却因为上报战功时多报了六颗首级而获罪降职。经冯唐为魏尚辩白，文帝认为判得过重，就派冯唐持节

（带着传达圣旨的符节）去赦免魏尚，让他仍然担任云中郡太守。

　　苏轼此时因政治上处境不好，壮志难酬，就以魏尚自许，希望能得到朝廷的信任。

　　当年苏轼带人出猎的地方是常山，位于诸城市城南10千米处。现在来到这里，仍能见到许多历史上遗留下来的古迹。

　　常山原名"卧虎山"，过去人们在这山上祈雨常常灵验，便更名为常山。常山虽然不是很高大，但声名显赫，自古以来，登临拜谒者络绎不绝。

　　现在的常山，成了一座文化名山，山顶上，已恢复修建了碧霞宫、常山阁、财神殿、观景亭等，形成山顶道教文化建筑群。山脚下有新建的"文化博物苑"，这个号称"东方佛国"的"万佛寺"，是个占地面积非常大的寺庙。之所以称为"佛国""万佛"，是因为庙里除了其他庙宇里必有的神仙外，还有数不清的历代佛教文物，被人们认为是名不虚传的东方佛国。

　　苏轼，因常山的一次出猎而成就了他的一首千古名篇；常山，因苏轼的一首名篇而名扬天下。

⊙常山——苏轼当年出猎的地方

江城子·乙卯正月二十日夜记梦

苏 轼

十年①生死两茫茫，不思量，自难忘。千里②孤坟，无处话凄凉。纵使相逢应不识，尘满面，鬓如霜。

夜来幽梦忽还乡，小轩窗，正梳妆。相顾③无言，惟有泪千行。料得年年肠断处：明月夜，短松冈④。

① 十年：指结发妻子王弗去世已十年。
② 千里：形容王弗葬地相隔遥远。
③ 顾：看。
④ 短松冈：王弗葬地。短松，矮松。

苏轼十九岁时与年方十六的王弗结婚。王弗年轻貌美，并且十分孝顺家中老人，二人恩爱情深。更难得的是，王弗蕙质兰心，深明事理，可惜她二十七岁就去世了。这对苏轼是绝大的打击，其心中的沉痛是不言而喻的。苏轼在埋

○苏轼在诸城灭虫荒。（摄于诸城超然台苏轼纪念馆）

葬王弗的山头，亲手种植了成片的松树，以寄托自己深深的哀思。

作为进士之女的王弗，一开始并没有向苏轼夸耀自己通晓诗书，后来苏轼有遗忘的地方，她反倒能给予提醒。好奇的苏轼问她别的书里的问题，她都能解答上来，这让苏轼又惊又喜，对她刮目相看。在苏轼与访客交流的时候，王弗经常立在屏风后面倾听谈话，事后告诉苏轼她对某人性情、为人的看法，结果无不言中，真是苏轼绝佳的贤内助。

不知不觉，王弗去世十年了，这十年间，苏轼因反对王安石的新法，很受压制，心境悲愤。到密州后，又逢灾年，整日忙于处理政务，生活也极困苦。苏轼来到密州这年的正月二十日，他在梦中见到爱妻王弗，心中百感交集，写下了这首传诵千古的悼亡词。

苏轼一生娶过三位妻子，第一位是王弗，第二位是王弗的堂妹王闰之，第三位是曾在他家做侍女的王朝云。

王弗去世后的第三年，进士王介之之女王闰之嫁给苏轼。王闰之是一个典型的传统家庭妇女，她对堂姐所生的儿子视如己出。

王闰之陪伴苏轼前后共二十五年。其间，苏轼受到革新派的排挤，怀才不遇，远离京城，从杭州通判到密州、徐州、湖州三地知州，漂泊不定。

更让人感动的是，王闰之陪伴苏轼度过了"乌台诗案"这段最难熬的日子和被贬黄州后最艰苦的时光。

王闰之和苏轼一起采摘野菜，赤脚耕田，变着法子给苏轼解闷。1093年八月，苏轼被再度起用的第八年，四十六岁的王闰之在陪伴苏轼二十五年后染病去世。苏轼哀伤至极，写下了感天动地的《祭亡妻文》。

当年苏轼在离开杭州到密州时，在杭州买了一个十二岁的小女孩叫王朝云，那时苏轼三十九岁上下。

王朝云确是个聪敏的女子，长大后成为苏轼的知音。苏轼在后来被贬惠州时，曾动员年纪尚轻的王朝云回浙江。王朝云不肯，始终跟随着他，成了苏轼后半生的生命支柱。

可惜，后来王朝云得了一种烈性传染病，不幸身亡，年仅三十四五岁。自此，苏东坡一直鳏居未娶。

遗憾的是，王朝云与苏轼只有夫妻之实，而无夫妻之名，苏轼并没给王朝云以"妻"或"夫人"的名分。

现在诸城城南的常山下，一定留下了当年苏轼对亡妻的思念，踏着这里的萋萋荒草，似看到了远在千里之外的苏轼亡妻在短松冈上的坟茔。

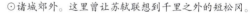

⊙诸城郊外。这里曾让苏轼联想到千里之外的短松冈。

浣溪沙

苏 轼

簌簌衣巾落枣花，村南村北响缫车^①，牛衣^②古柳卖黄瓜。

酒困路长惟欲睡，日高人渴漫思茶。敲门试问野人家。

① 缫车：纺车。缫，一作"缲"，把蚕茧浸在热水里，抽出蚕丝。
② 牛衣：蓑衣之类，这里泛指用粗麻织成的衣服。

苏轼在徐州任知州，那年春天，徐州遇到严重旱灾。按照当时的风俗，一个关心农事的地方官，在天大旱时，要向"龙王爷"求雨；下了雨，又要向"龙王爷"谢雨。那时，作为地方官的苏轼曾率领众人到城东二十里的石潭求雨。得雨后不久，他又与百姓一同去石潭谢雨。一路上，他写成组词《浣溪沙》五首，描绘的都是初夏农村景色，这首词是其中的第四首。

苏轼的这组词将农村题材带入北宋词坛，给北宋词坛带来了朴素清新的乡土气息。在词中，他用形象生动的笔触描写农村风光，反映农民的生活情景，为农民的喜悦而欣慰。同时，在艺术描写上也很有特色，他善于抓住特定情况下的景，表现朴素而又深厚的情，具有较强的感染力。

苏轼当年去求雨的石潭，现在已无处寻觅。当年那离城二十里的距离，现在也完全被包围在今日徐州这个现代化城市里。经考证，当年苏轼经过的地方应在现在的和平路一带。

云龙区政府办公大楼就在和平路上，一位专家把我们带到这座楼上，指着不远处的一片空地说，苏轼的那个年代，从古城到石潭，应该就从这一带经过。

从楼上放眼望去，四周都是高楼，唯有那里还有一片绿色，可以让人想象苏轼词中的景象，仿佛苏轼就走在那片绿地上，甚至可以隔千年时空听到那时的纺车声。

⊙苏轼求雨路过的地方

我们来到那片绿地，虽然心里很明白，哪怕是专家，现在也只能猜测苏轼当年是从这一带走过，但我们还是坚定地相信，我们的脚下，就是当年苏轼曾经走过的路。

说起苏轼求雨，他是有多次这样的经历的。

苏轼第一次当的官是凤翔府判官，是府衙的副职，那一年他看到干得快要枯萎的禾苗心里很不安，在凤翔太守的支持下，他带上衙役和许多百姓来到渭河南的太白山，在庙里行了拜祭礼后，苏轼就大声朗读他精心写成的"祈雨文"。也许是他的文章写得太好（收集在他的文集中），真的感动了"龙王"，不久，凤翔连下了三天雨，地里的禾苗又恢复了生机，全城的百姓个个欢天喜地。

苏轼在密州（山东诸城）任太守时，遇到天旱，他也去求雨。密州南面的常山上有一口雩泉，据说在那里求雨也很是灵验，苏轼还写了一篇《雩泉记》记述此事。

在缺乏科学知识的年代，向山神、龙王求雨的做法极为平常。不过，由于苏轼性格正直豪爽，他是信神不惧神，因为他认为神灵更会以理服人，所以他的祈雨文都写得非常精彩，大家方便时不妨找来一读。

渔家傲

范仲淹

塞下秋来风景异，衡阳雁去无留意。四面边声连角①起，千嶂里，长烟落日孤城闭。

浊酒一杯家万里，燕然未勒②归无计。羌管③悠悠霜满地，人不寐，将军白发征夫泪！

① 角：军中的号角。
② 燕然未勒：指边患未平、功业未成。燕然，山名，即今蒙古境内之杭爱山。勒，刻石记功。
③ 羌管：羌笛，羌族乐器的一种。

一提起范仲淹，人们往往首先想到的是他的名篇《岳阳楼记》，而很少有人会记起他的词作。同样，因为他的文章太出色，以致人们根本不知道他还是一位极有韬略的武将。

李元昊称帝建立西夏后，连年对大宋发起侵袭。由于边防空虚，宋军一败再败。延州是西夏出入关的要冲，战后的城寨一片荒凉，大量百姓流离失所，大宋江山受到严重威胁。

就是在这样的情况下，范仲淹被任命为陕西经略副使兼延州知州，那时的延州就是现在的延安。在他镇守延安期间，修筑了三个关城，即延安北关卫城、东关卫城和南塞砭城。在治军方面，他号令严明，加强练兵，又爱护士兵，与部下共议大事，很快就打出了军威，西夏人称他"腹中有数万甲兵"。

这首词就是他身处延安军中的感怀之作。

许多人受老照片的影响，认为延安处于黄土高坡，山一定是秃的，人们一定是住在窑洞里的。当进入延安市区，街道两边出现林立的高楼时，会很快将你原来的想法彻底扭转。

现在的延安人，早已走出窑洞，住上了高高的居民楼。大街上车流滚滚，大街两边，成片的高楼拔地而起，所有的这一切，都在证明着，延安已是一个标准的现代化城市。

唯有宝塔山上那高高的宝塔，还似我们记忆中的模样，它在庄严地告诉我们，这里是中国的革命圣地。

现在在宝塔山上能找到不少范仲淹留下的遗迹，这山古时叫嘉岭山。如今，宝塔山下的岩壁上仍有范仲淹留下的"嘉岭山"三个大字，还有"腹中有数万甲兵"的刻字。宝塔山上，有范仲淹留下的望寇台、烽火台，在望寇台遗址上，人们建起了高耸的摘星楼，挺立在山顶上。

让人们没想到的是，在范仲淹守关的年代，他竟然还在宝塔山上建了书院，真有文人风范。按照史料的记载去寻找遗址，只有几块散石，已看不出书院的痕迹了。

关于这宝塔山上的宝塔，很少有人知道它的来历。在唐时，有一天延安城里来了一个美少妇。每到夜间，这少妇就来到大街上，发现少年男子就追着不放。可是没过多久，这少妇突然死去了，人们都认为她是

⊙宝塔山山顶上重建的摘星楼

⊙现在的延安城区

⊙延安宝塔山新影

荡妇，就将她草草埋在城外东山脚下。过了几年，有位胡僧从西域而来，整天坐在那少妇的坟前念经。人们笑他：给荡妇唱的哪道经？可是，那僧人却说这少妇是锁骨菩萨，菩萨化为女身，喜随人缘，顺缘已尽便脱离苦海红尘。后来人们挖开坟墓，见少妇的骸骨果然全是锁状。于是，人们就给这菩萨起了塔，称为锁骨菩萨舍利塔。范仲淹在延安期间，还对这座塔进行了重建。

红军长征胜利后，中共中央进驻延安，这座古塔便成为革命圣地的标志和象征。

长相思

林 逋

吴山①青，越山②青。两岸青山相送迎，谁知离别情？

君泪盈，妾泪盈。罗带同心结未成，江头潮已平。

---

① 吴山：杭州城内的吴山，此处泛指钱塘江北岸的群山，古属吴国。
② 越山：泛指钱塘江南岸的群山，古属越国。

林逋，后人称为和靖先生，是北宋初年著名的隐逸诗人。他少年时便失去了父母，自小勤奋好学，孤高自许，不趋荣利，四十岁左右开始隐居于杭州西湖孤山，清心寡欲，几乎不食人间烟火。虽然身处杭州，但却

二十余年不入市里。他终身未娶，以种梅养鹤自娱，自谓"以梅为妻，以鹤为子"，人称"梅妻鹤子"。

这首词以一位女子的口吻，抒写了与情人诀别的悲怀。它在艺术上的显著特点是反复咏叹，情深韵美，体现了女主人公的柔情似水、一往情深，创造出一个隽永空茫、余味无穷的意境。

林逋早年曾到各处游历，四十多岁返回杭州，选择在西湖旁的孤山隐居，直到去世。林逋在这里遍植梅树，每到梅花盛开时，每日只是赏梅、饮酒、吟诗、作词，怡然自得，他的《山园小梅》诗中"疏影横斜水清浅，暗香浮动月黄昏"两句，成功地描绘出梅花清幽香逸的风姿，被誉为咏梅千古绝唱。

许多文人雅士仰慕林逋的高风亮节，纷纷慕名前往拜访，但他绝不回访。他驯化了两只鹤，善知人意。他常泛小舟游西湖，每有客人到来，书童便开笼放鹤。在西湖游览的林逋见家鹤飞翔，便知有客来访，即驾着小舟返回。传说，在林逋去世后，他养的这两只鹤在他的墓前悲鸣而死。

南宋灭亡之后，有盗墓贼以为林逋是大名士，墓中的珍宝一定很多，可是挖开他的坟墓后，却发现陪葬的竟然只有一方端砚和一只玉簪。端砚是林逋常用之物，不足为怪，但那只玉簪呢？

林逋对自己身后之事的安排，极其认真，生前即为自己修建寿堂（生坟），陪葬之物必是依他临终遗言安放的。终身不娶的林逋到底有着怎样的往事，才让他在青年时就灰心于仕途，归隐林泉终老此生？

人们便联想到了他的这首词，想必词中所言即是他亲身所历。也许在钱塘江畔流泪送别的女子，就是赠他玉簪的人。

一般说来，在封建时代，青年男女的送别，只有在亲戚间才有可能。想来，这位女子可能是诗人在钱塘江附近的一家亲戚，她可能随母亲或其他长辈一起到诗人或其叔伯家。两人相遇，一见生情，互相倾慕，愿结同心，有玉簪相赠。但由于各种原因，这位女子此日一别就不可能再来了。

⊙吴山大观影壁墙

今后她的命运或是被逼出嫁，或是抑郁而终，诗人从此也矢志不娶。

进一步想，也许就是这位女子与梅有关，或是两人在梅花枝下，曾共同编织过一段美妙之梦，或是那女子的芳名中有"梅"字，林逋便将对女子的无尽相思之情全部倾注于梅花。

有人猜测，"梅妻"一语看似戏谑，而此中实有深意真情。玉簪、《长相思》、"梅妻鹤子"三者血脉相贯，背后隐藏的是一曲催人泪下的爱情悲歌。

如今，孤山上放鹤亭仍在，梅花依旧，相距数千米之外的钱塘江还在静静地奔流着。

那青青的吴山，那青青的越山，默默矗立着，只有它们，见证过当年林逋的爱情，却至今不语。

朝中措·送刘仲原甫出守维扬

欧阳修

平山阑槛倚晴空，山色有无中。手种堂前垂柳，别来几度春风。

文章太守[①]，挥毫万字，一饮千钟[②]。行乐直须年少，尊[③]前看取衰翁[④]。

① 文章太守：作者曾任扬州太守，以文章名冠天下，故自称"文章太守"。

② 千钟：千杯。

③ 尊：通"樽"，酒杯。

④ 衰翁：作者自称。

欧阳修是"唐宋八大家"之一，后人又将他与韩愈、柳宗元和苏轼合称千古文章四大家。他在任扬州（今江苏扬州市）太守时，在扬州城北的大明寺西侧建堂。堂建在高冈上，坐

⊙大明寺

在堂中远眺，可以看见江南数百里。在这里远望江南诸山的山顶，正好与堂前的栏杆相平，所以就取名平山堂。欧阳修常和客人一起在堂中饮酒、赏景、作诗。欧阳修调离扬州几年后，他的好友刘原甫被任命为扬州太守，欧阳修给他饯行，在告别的宴会上，作了这首词相送。

现在，平山堂就在大明寺里。

大明寺因初建于南朝宋孝武帝大明年间而得名，隋时，杨坚为庆贺自己的生日，下诏在全国建塔三十座，供养佛骨。大明寺里就建了栖灵塔，塔高九层，宏伟壮观，因此大明寺又被称为栖灵寺。唐时，鉴真法师东渡日本之前，曾任大明寺住持，使大明寺成为中日佛教史上的重要古刹。

843年，栖灵塔遭大火焚毁。到宋真宗时，由僧人募集资金建造了一座七级宝塔，而这座宝塔又于南宋时被毁。在漫长的岁月里，大明寺只有栖灵遗址，而没有栖灵宝塔。

直到20世纪90年代，栖灵塔才又在大明寺里重新矗立起来。新建成

⊙大明寺中的栖灵塔

的栖灵塔气势雄伟，在扬州城内的许多地方，远远地就能目睹这九级佛塔的风姿。到了晚上，整个塔身在金黄色灯光的映照下，更是分外妖娆。

在大明寺大雄宝殿西侧，有一处上方写着"仙人旧馆"的小门，走进去，这里就是平山堂。

平山堂在欧阳修的时代曾是一个非常繁华和热闹的场所，而在元代却一度荒废，明代又重新修葺，在清代曾毁于兵火，后来又重建。

来到堂前你会发现，平山堂确实是个幽静的场所，同时也是个极目远眺的好地方。院中的棚上爬满藤蔓，一进院便能让人感觉到一阵清凉。堂前古藤错节，芭蕉摇曳，通堂式的敞厅之上，"平山堂"三个大字的匾额高悬。

堂前有石砌平台，名为行春台。台前围着栏杆，栏下是一个深池，池的周围修竹千竿。站在台前，凭栏远眺，江南几处山影若隐若现，竟真的就如欧阳修在这首词中所言："平山阑槛倚晴空，山色有无中。"

迎着微风，想象着当年欧阳修在这里与好友对饮，想象着鉴真法师曾在这里主持法事……这小小的高冈，有着太深厚的文化底蕴。难怪平山堂被人称赞为"壮丽为淮南第一"，难怪大明寺千年香火不断。

采桑子

欧阳修

群芳过后西湖好，狼藉①残红，飞絮濛濛，垂柳阑干②尽日风。

笙歌散尽游人去，始觉春空。垂下帘栊，双燕归来细雨中。

---

① 狼藉：散乱的样子。
② 阑干：横斜，纵横交错。

这首词是作者十首《采桑子》联章体中的一首，触景生情，不假雕琢，而诗情画意油然而生。

西湖花时过后，群芳凋零，残红狼藉。作者不但没有感到伤感，反而体味出安宁静谧的美，这种别具一格的审美感受，正是其有异于一般咏春词的独到之处。

颍州西湖的历代建筑很多，包括亭、榭、楼、阁、堂、台、寺、桥等，有三十余处。或依于水际，或卧于碧波，疏密有致，宛如一帧灵秀美妙的水墨画卷展现在眼前，令人神往。

现在来到西湖，仍让人感到风韵别致。湖上有岛，岛上有山，山上有寺，绿柳盈岸，芳菲夹道。此处已成为一个以历史文化为核心，集生态旅游、休闲度假、农业观光为主题的大型综合公园。

湖边有聚星堂。相传，有一年的正月初七，欧阳修与好友在这里雅集，大家一起作分韵诗，赋室内的物件、席间的瓜果、墙上的画像，每人、每物均赋诗一首。当时，附近很多文人墨客都以未能参加这次雅集而深感遗憾。后来这些诗被编成集子，流行于世。

当年欧阳修在颍州任职期间，曾多次乘舟沿湖南下，到古镇焦坡游玩，并留下许多诗篇。他之所以到焦坡，是因为那里除了有鲜鱼，还有一眼名为九龙泉的古井。这口井里的水非常特别，能冲出清冽的香茗，能酿出醇香的美酒。欧阳修每次来这里，都要尽兴地品茗饮酒，不醉不归。

在西湖岸边，感觉最引人注目的是湖上那三座有名的桥：飞盖桥、望佳桥、宜远桥。

飞盖桥，耸架在湖东南的直溪上。曲桥朱栏，倒映湖底，上通车马行人，下通画舫游艇。欧阳修有诗曰："鸣驺入远树，飞盖渡长桥。水阔鹭双起，波明鱼自跳。"

望佳桥，在州岛的南坡下，高大宽广，当年车马喧闹，游人不断。欧阳修有诗曰："轻舟转孤屿，幽浦漾平波。回看望佳处，归路逐渔歌。"

宜远桥，在湖西烟波空阔处。古木映衬，南望清涟阁，北临白云涧，景致清绝，如离尘缘。欧阳修有诗曰："朱栏明绿水，古柳照斜阳。何处偏宜望，清涟对女郎。"

站在宜远桥上，心中吟着欧阳修的诗句，飘飘然如入仙境。

○聚星堂院门

很少有人知道，在颍州西湖，也有一道苏堤。原来，苏轼当年也曾出任颍州太守。这期间，他为发展农业生产，大修水利，疏浚颍州西湖，清淤的泥土堆成颍州西湖的护堤，遍植垂柳，人称为苏堤。南宋时，这里一度形成湖中集市。

苏轼一直称欧阳修为恩师，原因是欧阳修最早发现了苏轼，对苏轼的才华大为赞赏，并极力向皇上推荐，使苏轼在二十二岁时便踏入仕途。两人关系一直很好，欧阳修在颍州为官期间，苏轼还与弟弟苏辙一起前来探望他。

可惜苏轼来这里做官时，欧阳修已经去世，他只能独自来到湖边，睹物思人，听见湖上还有人在唱着欧阳修的诗词，感慨万千。

浪淘沙

欧阳修

把酒^①祝东风，且共从容，垂杨紫陌^②洛城东。
总是^③当时携手处，游遍芳丛。

聚散苦匆匆，此恨无穷。今年花胜去年红。
可惜明年花更好，知与谁同？

① 把酒：端着酒杯。
② 紫陌：泛指郊野的大路。
③ 总是：大多是、都是。

这是一首惜春、忆春的小词。

欧阳修年轻时，在洛阳做官，一年春天，与好友梅尧臣在洛阳城东旧地重游，写下了这首词。词中伤时惜别，抒发了人生聚散无常的感叹。

欧阳修在洛阳时，他的上司钱惟演特别喜欢诗词，给欧阳修等一大批年轻人提供了很宽松的条件，使他们得以畅快交游，作诗赋词。当时，欧阳修、梅尧臣、尹洙、杨愈、张谷、张汝士、陈经、王复等都是二三十岁的年轻人，他们年龄相当，志趣相投，常常三五成群一起游玩、宴饮、唱和。无论是宴饮游玩，还是迎来送往，必有诗文为记，形成一个积极向上的氛围，有别于"酒肉狂人"。

欧阳修与梅尧臣一起做的一件大好事是发现了苏轼。欧阳修有一年担任主考官，他出的题是"刑赏忠厚之至论"，点检试卷官梅尧臣协助欧阳修批阅试卷时，发现其中一篇文章写得特别精彩，随即呈给欧阳修。欧阳修读后，觉得无论文采和观点，都可以毫无争议地列为第一。但欧阳修猜想这篇文章应该是他的弟子曾巩所写，担心列为第一会遭人闲话，便与梅尧臣商量将其列为第二。复试时，欧阳修与梅尧臣又见到一篇《春秋对义》，赞叹之余，欧阳修毫不犹豫地将其列为复试第一。发榜时，欧阳修才知道，初试、复试给他留下深刻印象的两篇文章，均出自苏轼之手，这让他惊叹不已，于是极力向皇上推荐，使苏轼年纪轻轻便步入仕途。

可见，欧阳修与梅尧臣的感情的确不一般。两人同游洛阳城东，在即将分别时，欧阳修写下此词，就顺理成章了。

现在的洛阳城东与宋时的洛阳城东完全不是一个概念了，那时的城东早已成为现在的中心地带。

徜徉于洛阳城中，只觉街道宽阔平整，两边高楼连成片，很多的绿化带里繁花似锦。陇海铁路、焦枝铁路在这里交会，洛阳北站、洛阳东站成了人流量与物流量极大的地方，随着洛阳东进、大规模古城改造、"洛偃一体化"等城市规划进程的加快，现在的洛阳东部几乎可以被看成是一座新兴的现代化城市。

少年游

柳　永

　　参差烟树霸陵桥①，风物尽前朝。衰杨古柳，几经攀折，憔悴楚宫腰②。

　　夕阳闲淡秋光老，离思满蘅皋③。一曲《阳关》，断肠声尽，独自凭兰桡④。

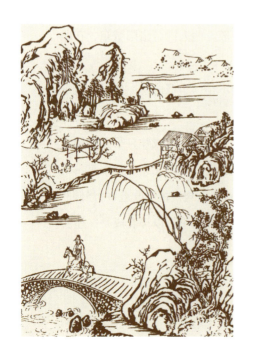

① 霸陵桥：又作灞陵桥。在西安，古人送客至此，折杨柳枝赠别。
② 楚宫腰：楚灵王喜欢细腰，后人称细腰为楚腰。这里指女子因思念亲人而清瘦的体态。
③ 蘅皋：长满杜衡的水边陆地。
④ 兰桡：此处代指船。

　　这是柳永漫游长安时作的一首怀古伤今的词。他在长安东面灞陵桥这一传统离别场所与友人分别时，心中充满了离愁别恨。词中，柳永借助灞陵桥、古柳、夕阳、阳关曲等寓意深远的意象，通过凭吊前朝风物，抒发了无限的感慨。

灞，即灞河。灞陵，是汉孝文帝刘恒的陵寝，有时也写作霸陵，因靠近灞河而得名。其位置在西安市东部的灞桥区。

灞陵桥，自然就是灞河上的那座桥了，百度地图上标注的是灞桥。在汉朝时，灞陵桥就已很有名，那时是木桥，王莽时曾改名为长存桥。到隋唐时期，建为石桥，是当时人们离别长安向东去的必经之地。灞陵桥两边又是杨柳掩映，这儿就成了古人折柳送别之地，甚至形成"灞桥折柳"的送别典故。由于人们到了这里都黯然神伤，所以灞陵桥又被称为销魂桥。

由于"柳""留"谐音，古人在送别时，折柳相送，表示挽留。

当年柳永在灞陵桥送的何人，不得而知，可他送别时的悲伤心情却是真实的。因为这首词烘托出那种清越苍凉的气氛，透露出一种孤寂难耐的情怀。

⊙远望灞陵公园

⊙灞陵河上的铁路桥

　　千年之后的今天，灞河早已向东移位，现在的灞陵桥只能建在现在的灞河上。我们来到这里，见到的是非常坚固的钢筋混凝土大桥，桥上车来车往。

　　现在，灞陵桥已不是进出西安的必经之桥，我们驱车沿灞河岸边行驶10千米左右，就见横在灞河上的公路桥、铁路桥达九座之多。

　　现在的灞河两岸，芳草萋萋，绿柳依依，风光如画，好多恋人在岸边依偎，在岸边絮语。在这里，看到的都是生活的甜蜜，已找不到离人送别时的悲伤。

雨霖铃

柳 永

寒蝉凄切，对长亭晚，骤雨初歇。都门帐饮①无绪，留恋处、兰舟催发。执手相看泪眼，竟无语凝噎②。念去去③、千里烟波，暮霭沉沉楚天阔。

多情自古伤离别，更那堪冷落清秋节！今宵酒醒何处？杨柳岸、晓风残月。此去经年，应是良辰好景虚设。便纵有千种风情，更与何人说？

① 都门帐饮：在京都门外设帐、置酒宴送行。
② 凝噎：喉咙哽塞。
③ 去去：重复言之，表示路途之远。

柳永这首词是抒写离情别绪的千古名篇，在词中，他把离开汴京与恋人惜别时的真情实感表达得缠绵悱恻、凄婉动人。古往今来有离别之苦的人们在读到这首词时，都会产生强烈的共鸣。

⊙都城门外

关于这首词的创作背景，综合起来，大致以两种说法为主。

第一种说法是，柳永在第四次考试又名落孙山后，心中的梦想再一次破灭。为了生计，他被迫离开京城开封，与情人在河边分别时，写下这首词。

第二种说法是，柳永在考取进士后，被安排在南方做一个小官，对这个官职，他并不满意，心中很失落，离开京城开封，与情人在河边分别时写下这首词。

有一点是共同的：柳永是在开封的河边与情人分别时，写下此词。

词牌名《雨霖铃》，又名《雨淋铃》《雨霖铃慢》，此调原为唐教坊曲。唐朝安史之乱时，唐玄宗在西逃的路上，经过马嵬坡时发生兵变，杨贵妃被缢死。及至唐玄宗逃进四川，霖雨连绵不断，能不时听到栈道上的铃声。唐玄宗思念杨贵妃，悲伤之中，作《雨霖铃》曲。

这就是词牌《雨霖铃》的来历。

柳永作这首词时，选用这个词牌，曲调本身就具有哀伤的成分，加上词中溢满真情，并且还有强烈的语言魅力，将词人抑郁的心情和失去爱情

⊙后人猜测的"兰舟催发"处

的痛苦描述得极为生动，使这首写离情别绪的词，达到了情景交融、动人心魄、让后人难以企及的艺术境界。

柳永的词在当时流传很广，被人们称为"凡有井水饮处，皆能歌柳词"。

现在在开封寻找当年柳永与情人离别的地方有点难，开封现在的河流仍然很多，广济河、护城河、北支河、黄汴河、惠济河、利汴河，一条条河流穿城而过。专家认为，柳永当年送别的地方，最有可能的是黄汴河。

黄汴河蜿蜒南流，一路欢歌来到古城墙的脚下，从大梁门往南，经西南城角转头，靠近古城墙东流，与柳永时期的"都门"较为相符。

来到古城墙外的黄汴河边，这里的河水还在静静地流着，无声地倒映着岸边的绿柳，却找不见宋时的客船。岸边还有美丽的景观带，有花丛、有雕塑、有健身器材，大人们在吹拉弹唱，孩子们在追逐嬉戏，几只蝴蝶也翩翩起舞。

我们发现，这里的寒蝉不再凄切。

菩萨蛮

王安石

数间茅屋闲临水，窄衫短帽①垂杨里。花是去年红，吹开一夜风。

梢梢②新月偃③，午醉醒来晚。何物最关情，黄鹂三两声。

① 窄衫短帽：指便装衣帽。

② 梢梢：树梢。

③ 偃：息卧。

这首词是王安石晚年辞官后闲居金陵（南京）时所作。

1076年，五十六岁的王安石第二次出任宰相不久，又与保守派发生争端，于是他便在这年十月请求宋神宗赵顼，辞去了宰相职务。宋神宗给王安石安排了一个"判江宁府"的官衔，回到南京。他来南京后，一直也没去上任，经过实地考察、比较，他相中了江宁府城东门和钟山之间一个名叫白塘的地方。

王安石在这里盖了几间房子，又在房子周围种植了一些树木，并凿渠引水，又在水渠上"叠石为桥"，做成了一个家园的模样。因为这地方距城东门七里，距钟山也是七里，正好在入山的半途，所以王安石将其命名为半山园。

与其他著名的私人园林比较，半山园并不奢华，甚至显得有些寒酸，不过，王安石追求的是环境之美，以树木作为无形的墙，更具韵味。正如他在《浣溪沙》中描述的："百亩中庭半是苔，门前白道水萦回。爱闲能有几人来？小院回廊春寂寂，山桃溪杏两三栽，为谁零落为谁开？"居住在这样幽静的环境之中，也许最能抚慰王安石那颗受伤的心。

王安石这首词有意思的一点是，他用集句的形式填词，第一句来自刘禹锡《送曹璩归越中旧隐诗》："数间茅屋闲临水，一盏秋灯夜读书。"第三句取自唐人殷益的《看牡丹》："发从今日白，花是去年红。"第五句出自韩愈的《南溪始泛》："点点暮雨飘，梢梢新月偃。"第六句来自方械

⊙这里的水渠据说最早是由王安石开凿的。

（一作陈叔宝）的诗（失题）："午醉醒来晚，无人梦自惊。"如此信手拈来，随意驱策，变诗为词，确实体现了王安石学富才高的创作功力。

有一次苏轼乘船经过金陵，特意来半山园拜访王安石。王安石骑着毛驴，穿着粗布衣服到江边去迎接。苏轼对王安石说："我今天穿着乡民的衣服前来拜见大丞相。"王安石笑着说："那套礼数岂是为你我而设？"两人来到半山园，说佛吟诗，王安石还陪苏轼同游钟山，并各自赋诗纪游。

众所周知，苏轼一生中多次被贬，主要原因就是苏轼反对王安石变法，王安石曾打压过苏轼。但是有一点，当苏轼因"乌台诗案"差点被杀头时，许多人对苏轼落井下石，而王安石却为苏轼求情，这一点是很让人感动的。

这次两人同游钟山，后人还给演绎出一个小故事，说是在一处山坡上，矗立的一座石碑有些倾斜，苏轼对着石碑道："恨当年'安石'不正。"王安石当然明白苏轼的话，接口道："至如今倾向'东坡'。"两人相视大笑。当然，也有人说这事发生在泰山或是别的山。

半山园位于南京市中山门北白塘清溪路附近，今海军指挥学院院内，不对外开放，也不许游人拍照。唯有不远处的一条清溪还在辛辛苦苦地奔流着，有人说这条水渠就是王安石当年所开。

桂枝香

王安石

登临送目，正故国晚秋，天气初肃。千里澄江似练，翠峰如簇。征帆去棹①残阳里，背西风酒旗斜矗。彩舟云淡，星河鹭起，画图难足。

念往昔，繁华竞逐，叹门外楼头，悲恨相续。千古凭高对此，谩嗟荣辱②。六朝旧事随流水，但寒烟衰草凝绿。至今商女③，时时犹唱，《后庭》遗曲④。

① 征帆去棹：往来的船只。棹，划船的一种工具。
② 谩嗟荣辱：空叹什么荣耀耻辱。
③ 商女：歌女。
④《后庭》遗曲：指歌曲《玉树后庭花》，被视为亡国之曲。

这首词虽以登高望远为主题，却是以故国晚秋为眼目。上片描绘金陵山河的清丽景色，大笔挥洒，气象宏阔，下片对六朝统治者的可悲历史发出浩叹。

　　一般认为，这首词作于王安石第二次被罢相、闲居南京的时候。王安石与朋友们在深秋游赏南京山水，面对浩浩长江和美丽的南京秋色，大家一起用《桂枝香》的词牌名填了三十多首词，唯有他的这首词被称为绝唱。

　　南京是六朝古都所在，古称金陵。自孙吴时代起，东晋和南朝宋、齐、梁、陈六朝都以此为都城。至宋时，王者虽然像走马灯似的更换，但这座都城却还是一派繁荣气象。在地理位置上，金陵素称虎踞龙盘，雄伟多姿。大江滚滚而来又向东奔流入海。秦淮河如一条玉带横贯市内，玄武湖、莫愁湖恰似两颗明珠镶嵌在市区的左右。王安石正是面对这样一片大好河山，想到江山依旧、人事变迁，怀古而思今，写下了这篇著名的政治抒情词。

　　词中有"叹门外楼头"句，化用了杜牧《台城曲》里"门外韩擒虎，楼头张丽华"的语意。作者指出六朝的统治者竞相过着奢侈荒淫的生活，以致像陈后主那样，敌军已兵临城下，他还拥着一群嫔妃在寻欢作乐。

　　南朝最后一个皇帝陈叔宝不理朝政，沉迷美色，当隋军大将韩擒虎和

⊙登高望长江

晋王杨广率军攻到南城门外时，他仍和贵妃张丽华在城楼上嬉戏作乐，唱着《玉树后庭花》。以致当隋军冲进来后，陈叔宝等人无路可逃，只得和皇后、贵妃躲进一口枯井内，千呼万唤不出来，直到隋军往枯井里砸石头，他们才发出求饶的声音。

据说，张丽华脸若朝霞，肤如白雪，目似秋水，眉比远山，顾盼之间光彩夺目。杨广有意纳她为妾，韩擒虎当即反对说："此等妖妃，岂可留得？"于是一刀斩了下去。

词的最后，王安石借用了杜牧《泊秦淮》中"商女不知亡国恨，隔江犹唱后庭花"的诗意，指出六朝亡国的教训已被人们忘记了。这结尾的三句借古讽今，寓意深刻。

现在，站在长江大桥上看南京城和长江，倒觉得很符合王安石当年登高远望的情景。手扶着大桥栏杆眺望，江面上一艘艘巨轮缓缓驶向远方，再看城里，高楼林立，重重叠叠。大桥上车流如潮，一会儿就有一列火车鸣着汽笛从脚下的铁路桥上呼啸而过，让人体会到这是一个飞速发展的时代。正如毛主席说的那样，"萧瑟秋风今又是，换了人间"。

踏莎行

秦 观

雾失楼台，月迷津渡^①，桃源望断无寻处。可堪^②孤馆闭春寒，杜鹃声里斜阳暮。

驿寄梅花^③，鱼传尺素^④，砌成此恨无重数。郴江幸自^⑤绕郴山，为谁^⑥流下潇湘去？

① 津渡：渡口。

② 可堪：哪堪。

③ 驿寄梅花：古诗中有"折梅逢驿使，寄予陇头人"之句。

④ 鱼传尺素：古乐府《饮马长城窟行》中有"客从远方来，遗我双鲤鱼。呼儿烹鲤鱼，中有尺素书"。

⑤ 幸自：本自，本来是。

⑥ 为谁：为什么。

作者被贬郴州时，于郴州旅舍写下了这首词，表达了他失意的凄苦心情，流露出对现实的不满。

写了这首词后不久，秦观又被贬到横州，再被贬到雷州（广西）。

秦观初到雷州时，故乡高邮正是雨打芭蕉、蟹肥虾美的时节，但在雷州，依旧艳阳高炽，与盛夏无异。人在万里，江湖飘零，知己难求，多愁善感的秦观每日郁郁寡欢。

那时，秦观的恩师苏轼被贬到海南岛，后来遇赦北归途经雷州，两人相见，恍如梦中。秦观拿出在雷州写的诗请老师批评，苏轼哈哈大笑，拿出一把扇子递给秦观，秦观接过一看，没想到扇子上竟然写着自己的这首《踏莎行》。

为了寻找秦观当年写作这首词的郴州旅舍，我们来到湖南郴州的苏仙岭。这里是被人们称为"天下第十八福地"的地方，山上有白鹿洞、升仙石、望母松等"仙迹"。从山下往上走不远，就看见郴州旅舍守候在玉溪桥旁。这是当地政府于1989年按宋代湘南民居建筑风格重建的，内设五间展厅，纪念秦观在郴州的这段经历。

⊙郴州旅舍

⊙白鹿洞

⊙三绝碑

从郴州旅舍这里继续向山上走去，在一道峭壁前，有一座三绝亭，亭下保护的就是那著名的"三绝碑"。

秦观去世一百多年后，南宋末年郴州知军邹泰让人在这块石壁上镌刻了这首词。词后面说："秦少游辞，东坡居士酷爱之，云少游已矣，虽万人何赎，芾书。"石刻是秦观词，东坡跋，米芾书法，被称为"三绝碑"。所谓"苏轼跋"并不是苏轼特地为这首词写了跋语，而是对秦观一生的评语。

毛泽东主席酷爱这首词。1960年，湖南省召开三级干部会议期间，毛主席来到郴州，问及郴州"三绝碑"一事，并当场背诵这首词，还介绍了其创作的背景。当时人们还不知道"三绝碑"在哪里，既然毛主席如此重视，省地委负责人立即派人在荒山野岭中找到了这块被杂草泥土淹埋的"三绝碑"，并修建亭子将其保护起来。

1965年，时任中南局第一书记的陶铸访"三绝碑"，这时已是此碑镌刻七百年之后。陶铸步秦词原韵填《踏莎行》一首："翠滴田畴，绿漫溪渡，桃源今在寻常处。英雄便是活神仙，高歌唱出花千树。桥跃飞虹，渠飘束素。山川新意无重数。郴江北向莫辞劳，风光载得京华去。"这首词当时也镌刻在"三绝碑"旁，"文革"时曾被毁，现在已经修复。

秦观是有福气的，千年之后，苏仙岭还在，"三绝碑"还在，郴州旅舍还在，最重要的是，他的词还在，一直在人们心里。

忆少年·别历下

晁补之

无穷官柳，无情画舸，无根行客。南山尚相
送，只高城人隔。

罨画①园林溪绀碧②，算重来、尽成陈迹。刘
郎③鬓如此，况桃花颜色。

① 罨（yǎn）画：色彩杂染之画。
② 绀碧：稍红的青碧色。
③ 刘郎：刘禹锡。此处指作者自己。

这首词是词人当年被贬去外地、
独自离开历下时所作。词中所说的历
下，在现在的济南，济南现在仍有历
下区。

这是一首伤别之作，开头三句，
连用三个"无"字，突出了漂泊者的
凄凉。"南山""相送"，却被"高

⊙现在千佛山上的历山院

城"隔断，心中空有无限依恋，更增一层哀伤。

晁补之出身于文学世家，自小就表现出独特的文学天赋。十七岁时，随父亲晁端友去杭州。那时苏轼在杭州任通判，是晁端友的好朋友。苏轼读过晁补之写的《七述》后大为称赞，并说："吾可以搁笔矣。"

后来晁补之与苏轼结下不解之缘，苏轼赴颖州时，晁补之已在颖州任

⊙历山——现在的千佛山

⊙从千佛山上看到的济南夜景

所。苏轼到了扬州，晁补之在扬州任通判，两人有不少唱和之作。

苏轼是继欧阳修之后北宋文坛的领袖人物，他最欣赏和重视的是黄庭坚、秦观、晁补之、张耒这四个人，最先将他们的名字并提和加以宣传。由于苏轼的推誉，四人很快名满天下，成为后来著名的"苏门四学士"。

晁补之在济南（那时称齐州）为官时，曾有一群强盗在大街上抢劫。晁补之经过深入调查，暗中记住他们的姓名，并对他们的行踪都了解得很清楚。一天，晁补之设宴请客，传来维护治安的官员，告诉其怎样把这群强盗绳之以法，并立即行动，他却照样招待客人。席间依次斟酒还没有斟完，那伙盗贼就全部被抓来了，全城百姓一片称颂之声。

晁补之虽然一心为民办事，但却因朝廷派系的更迭，几经贬谪，颠沛流离。他本身是山东巨野人，又在美丽的济南做官，遭贬谪要去外地，临别时当然会恋恋不舍，便写下这首词。

历下就是历山之下，历山就是现在济南城南的千佛山。相传上古虞舜帝为民时，曾躬耕于历山之下，所以历山也称舜山或舜耕山。隋朝年间，山东佛教盛行，虔诚的教徒依山沿壁镂刻了很多石佛，并建千佛寺，便改历山为千佛山。

现在，沿盘道西路登山，途中有一唐槐亭，亭旁有古槐一株，相传唐朝名将秦琼曾在这棵槐树下拴过马。半山腰有一座彩绘牌坊，即齐烟九点坊。往上不远有舜祠，纪念舜曾耕于历山。登上一览亭，凭栏北望，近处大明湖如镜，远处黄河如带，泉城景色一览无余。

济南是著名的泉城，有记载的泉就有七十二处之多，大明湖更是城中的一颗珍珠。

来到大明湖边，隔着湖水，可以看到湖上有历下亭，位于湖心小岛上。它四面临水，绿柳环绕，红柱青瓦，古朴典雅。唐时，著名诗人杜甫曾与北海太守李邕饮宴于历下亭，并写下《陪李北海宴历下亭》诗。诗中"海右此亭古，济南名士多"一句被人广为传诵。不过，当时的历下亭在五龙潭一带，唐朝末年就倾塌了。北宋以后，历下亭移建于今大明湖南岸，清康熙年间才在湖心岛上重建。亭中匾额"历下亭"三字，是清乾隆皇帝手书。

大明湖上画舫悠悠，清风徐徐，湖边是成排的绿柳迎风婀娜。

来到大明湖北岸的小沧浪亭西洞门，可以看到门两旁挂着一副对联："四面荷花三面柳，一城山色半城湖。"道出了济南柳、荷、湖、山辉映一体的独特风貌。

历下如此美丽，难怪晁补之别历下时会那样伤感。

⊙大明湖

临 江 仙

晁冲之

　　忆昔西池①池上饮，年年多少欢娱。别来不寄一行书，寻常相见了，犹道不如初。

　　安稳锦屏②今夜梦，月明好渡江湖。相思休问定何如③。情知④春去后，管得落花无？

① 西池：指北宋汴京金明池。

② 锦屏：锦缎被子。

③ 何如：问安语。

④ 情知：深知、明知。

　　晁氏是北宋名门、文学世家，晁冲之的堂兄晁补之、晁说之、晁祯之都是当时有名的文学家。在那党争激烈的时代，兄弟辈多人遭贬谪放逐，晁冲之隐居河南省禹州，十多年后回到汴京，当权者想任用他，被他婉拒。

这首词抒发了晁补之与旧游离别后怀念往日汴京生活的情怀。

西池即金明池，在汴京城西，所以称西池，当时是汴京著名的胜地，每逢春秋佳日，游客如云。晁冲之的堂兄晁补之是"苏门四学士"之一，晁冲之本人与苏轼、苏辙及"四学士"不但在文学上互相来往，在政治上也很接近。他们志趣相投、性情相近，当年常在金明池同游、宴饮，纵论古今，何等欢乐。而今却各遭贬谪，天各一方，让人情何以堪。

金明池始建于五代后周时期，原用于演习水军。宋时在池内建设殿宇，成为皇帝春游和观看水戏的地方。

金明池周围九里多，池形方整，四周有围墙。池中有仙桥，桥头有宝津楼。园中重殿玉宇，雄楼杰阁，船坞码头，战船龙舟，样样齐全。每年三月，金明池桃红似锦，柳绿如烟，京城居民倾城而出，到金明池游览。

金明池内还遍植莲藕，每逢落雨的夜晚，人们多爱到这里听雨打荷叶的声音，有"金池夜雨"之称。北宋诗人梅尧臣、王安石和司马光等均有咏赞金明池的诗篇。

金明池遗址在今开封市城区偏西，现在来到这里仍能见到当年金明池的影子，这是当地政府参考史料在前几年修建的。

公园的标志性建筑宝津楼就挺立于正门处，全楼共七层，高数十米，高台平座，飞檐斗拱，典雅端庄，宏伟大气。

湖岸边有一座拱桥连着湖心岛，按照古时的叫法，这座桥就应该称作"仙桥"了。沿着仙桥进入

⊙传为张择端的《金明池争标图》

⊙金明池遗址

⊙宝津楼

岛上，但见岛内别有洞天，假山流水，亭台迎风，一派绮丽景致，竟然真的如世外桃源一般。

手扶石栏放眼一望，整个金明池尽收眼底，有人在游泳，有人在垂钓，有人在岸边漫步。当年，晁冲之与"苏门四学士"等好友就是在这里游览、宴饮。

有一幅古画，最能告诉人们古时的金明池是什么模样，那就是《金明池争标图》。

此图描绘的是北宋时期金明池水戏争标的场面。画面中苑墙围绕，池中筑十字平台，台上建有圆形殿宇，有拱桥通达左岸。左岸建有彩楼，下端牌楼上额书"琼林苑"三字。池岸四周桃红柳绿，间有凉亭、船坞、殿阁。龙船两侧各有小龙舟五艘，每艘约有十人并排划桨，船头一人持旗。画面下两侧的苑墙内外，人群熙来攘往。

在图左下角的粉墙上有楷书小字"张择端呈进"五字款。

张择端是山东诸城人，宋徽宗时画院待诏，他画的《清明上河图》可谓中国最著名的绘画作品，家喻户晓，这幅《金明池争标图》是他的另一传世佳作。

美景如画，人在画中，耳听今日笑语，追思宋时风情，不觉进入夜色中的金明池，灯火璀璨，如仙如幻。

卜算子

李之仪

我住长江头，君住长江尾。日日思君不见君，共饮长江水。

此水几时休①，此恨何时已②。只愿君心似我心，定不负相思意。

① 休：停止。
② 已：完结，停止。

从词的字面意思分析，这首词应该或是写于长江上游，或是写于长江尾部，一般可猜想在镇江一带。然而当了解了这首词的写作过程后，就会知道，我们想错了，原来这首词诞生于安徽的当涂县，并且源于一个感人的故事。

李之仪出身于书香门第，早年师

从范仲淹的儿子范纯仁，为人正直，很有学问，后来考中进士。但因范纯仁反对王安石变法，一再被贬，所以李之仪并未做什么官。直到后来范纯仁拜尚书右仆射兼中书侍郎（右相），李之仪才被任命为枢密院编修官。

李之仪那时也很被苏轼器重，在苏轼任定州（今河北定县）长官时，他一到任，便申奏朝廷，让李之仪任定州签判，作为自己的助手。两人在任时，朝夕唱酬，关系和谐融洽。

范纯仁非常信任李之仪，在他病重时，特意让李之仪来到病床前，口授遗表，让他笔录，呈报皇上。范纯仁去世以后，李之仪就起草了一篇行状，详细介绍了范纯仁生前的事迹及其功德。哪里想到，过了不久，新任宰相蔡京就把这篇"行状"当成范纯仁及李之仪的罪证，将李之仪逮捕入狱。等到他出狱后的第二年，又被贬谪当涂，编入当涂户籍，由当涂官吏予以管束。那时的当涂叫太平州。

他携妻子儿女六人来到这里，连个像样的住处也没有，生活陷入极度

⊙当涂的长江边

困苦之中。祸不单行，先是女儿及儿子相继去世，接着，与他相濡以沫四十年的夫人胡淑修也撒手人寰。事业受到沉重打击，家人连遭不幸，李之仪跌落到了人生的谷底。

就在这时，一位年轻貌美的奇女子出现了，她就是当地有名的歌伎杨姝。杨姝是个很有正义感的歌伎。早年，黄庭坚被贬到当涂做太守，杨姝只有十三岁，她弹了一首古曲《履霜操》，深深地感动了黄庭坚。杨姝与李之仪偶遇，又弹起这首《履霜操》，触动了李之仪心中的痛处，李之仪对杨姝一见倾心，把她当作知音，接连写下几首听她弹琴的诗词。

关于《履霜操》的来历，也有一个故事。古时候，伯奇虽然很清白，但因后母的诬陷，被逐出家门。清晨他在霜地上徘徊，操琴作曲，人们称这曲叫《履霜操》。这首琴曲抒发和寄托的，是一个虔诚孝子对父母永不变易的爱戴之情，纵使自己受了天大的冤屈，也依然如故。

李之仪与杨姝"以诗文自娱"，常到姑溪河边的一块巨石上垂钓。在杨姝的抚慰下，李之仪的心情逐渐好转。他虽不是姑溪人，却决心与姑溪为伴，雅称自己是姑溪居士。

这年秋天，李之仪和杨姝来到长江岸边游玩，只见长江之水滚滚东流，日夜不息。他触景生情，有感而发，写下了《卜算子》，没想到竟成了千古绝唱。

现在，沿着当涂的长江边行走，江水还在浩浩奔流。逆流而上不远处，就是著名的天门山，即李白写"天门中断楚江开，碧水东流至此回。两岸青山相对出，孤帆一片日边来"这首诗的地方。

当年李之仪和杨姝是否正是来到这里游玩，借用了李白的灵感，也未可知。

天门谣

贺　铸

　　牛渚天门险，限南北、七雄豪占。清雾敛，与闲人登览。

　　待月上潮平波滟滟，塞管①轻吹新阿滥②。风满槛，历历数、西州③更点。

① 塞管：即羌笛。

② 阿滥：笛曲，即《阿滥堆》。

③ 西州：西州城，在金陵西。

　　词中所说的牛渚，人们也习惯称采石矶，位于安徽省马鞍山市区西南约五千米的翠螺山麓。这翠螺山，远远望去，像一只巨大的螺蛳卧在江边，满山青松翠竹，郁郁葱葱，像在螺壳上披了一件翡翠衣裳。山下那凸出江中的采石矶与岳阳城陵矶、南京

⊙翠螺山

⊙蛾眉亭——这首词就诞生在这里。

燕子矶，合称长江三矶。采石矶以山势险峻、风光绮丽、古迹众多而列三矶之首，素有"千古一秀"的美誉。

这里临江的山岩上有一个石洞，深不可测。民间传说，古时这个洞里出金牛，所以人们叫它牛渚山或牛渚矶。

那么，为什么又会称它采石矶呢？

传说，三国时东吴在牛渚矶建广济寺，僧人为取水方便，在寺旁挖井时，得到一块璀璨夺目的五色彩石。大家惊喜万分，视若珍宝，便找当地最好的工匠将它打磨成一只香炉，供奉在寺内，作为镇寺之宝。

后来，许多人说这里出彩石，叫顺口了，就叫彩石矶。可是，人们寻遍了翠螺山，再也没有发现一块彩石。不知怎么，叫着叫着，就叫成了采石矶。

采石矶、牛渚山，这种叫法太普遍，以致很多人根本就不知道这山叫翠螺山。

就在这里，历代发生值得记载的战争二十余次。其中虞允文抗金兵、朱元璋占太平、太平天国守天京等典故是为很多人所熟知的。

采石矶上建有蛾眉亭，这首词就是贺铸当年登采石矶蛾眉亭时所作。那年，当地太守吕公希重修蛾眉亭，竣工后，在这里设宴待客，贺铸参加了这次盛会，即席作《蛾眉亭记》，同时作了这首词。

在词中，他突出了牛渚、天门险峻无比的独特风光，点明这里自古便是豪杰必争之地，赋予其厚实的历史内涵。下面以一段斗转星移的历史沧桑的变迁，衬托出今日的太平盛世。

蛾眉亭建于北宋，距今已有九百多年的历史了。现在来到采石矶，亭子仍然亭亭玉立，亭内有珍贵的古碑。站在亭前临江向西望去，不远处就是东梁山与西梁山，就是李白诗中所说的"天门中断楚江开，碧水东流至此回"的地方。东梁山与西梁山隔着长江，从这里看恰似蛾眉，这就是蛾眉亭名字的来历。

⊙传说这里就是李白醉后跳到江里捉月的地方。

　　蛾眉亭左前方临江处，有一块较为平坦的巨石伸向江中，险峻异常。民间传说，诗人李白就是在这里醉后跳江捉月的，人们便称这里是捉月台。

青玉案

贺　铸

凌波①不过横塘②路，但目送、芳尘去。锦瑟华年谁与度？月桥花院，琐窗③朱户。只有春知处。

飞云冉冉蘅皋④暮，彩笔新题断肠句。若问闲情都几许？一川烟草，满城风絮。梅子黄时雨！

① 凌波：形容女子走路时步态轻盈的样子。
② 横塘：在苏州城南。
③ 琐窗：雕刻或彩绘有连环形花纹的窗子。
④ 蘅皋：长满杜蘅的沼泽地。

贺铸当年有一个美称叫"贺梅子"，就是由这首词的末句引来的，这首词也被后人称为是贺铸的代表作。

当年，贺铸在苏州郊外有一处住所，位于城南十余里的横塘。平时，他往来于横塘与苏州城里，常常邂逅

⊙古横塘驿站

一位非常美丽的姑娘，但这姑娘却从来不过横塘，贺铸只能偷偷地在姑娘背后望着她的背影渐渐远去。每次相见都怦然心动，但每一次都没有一点结果，落寞之中贺铸就写下了这首词。

这首词一出，就被广为传唱。

按照现代地图寻找宋时的横塘，苏州城南有一个横塘古镇。据知情人士讲，当年的贺铸居住在这一带，现在最能代表古时横塘的建筑当是古横塘驿亭了。

这里是古代交通要道，迎来送往的客人都在这里分手和相见，南宋田园诗人范成大有《横塘》一诗："南浦春来绿一川，石桥朱塔两依然。年年送客横塘路，细雨垂杨系画船。"这样的地方贺铸一定来过。

横塘驿亭在胥江与京杭大运河交汇处，我们来到这里，见驿亭西南临运河，东面就是胥江，亭是方形，南北各有一门，东西各开一窗，四角有四根石柱。

⊙横跨胥江的彩云桥

⊙繁忙的大运河

◎胥门老照片。传说这里曾悬挂过伍子胥的头颅。

一座彩云桥横跨胥江，面迎运河，连接了驿亭。

大运河仍然繁忙，一艘艘货运船只不停地从河上驶过，划开的波浪一层层向外展开，直展到我们的脚下。夕阳西下，波浪被染上了色彩。

站在胥江边，不由得让人想起当年的伍子胥。胥江是春秋时吴国名将伍子胥率众人开挖的，因此以伍子胥的"胥"字命名为"胥江"，当时开挖胥江的目的是便利水运，造福一方。

可惜他虽然为吴国立下不朽功勋，后来吴王夫差还是听信谗言，赐其自刎。伍子胥在愤恨之余，留下遗言，要家人在他死后把他的眼睛挖出来，挂在东城门上，他要亲眼看着越国军队灭掉吴国。吴王夫差极其愤怒，将他的尸体投于江中。九年后，吴国果然被越王勾践所灭，夫差羞于在阴间见到伍子胥，用白布蒙住双眼后才举剑自尽。

胥江静静地流着，岸边似有伍子胥开挖胥江时的身影。

大运河静静地流着，岸边似有贺铸思美人、填新词的身影。

胥江和大运河静静地流着，我们站在岸边。

清平乐

赵令畤

春风依旧，著意隋堤^①柳。搓得鹅儿黄欲就^②，天气清明时候。

去年紫陌^③青门^④，今宵雨魄云魂。断送一生憔悴，只消几个黄昏？

① 隋堤：隋炀帝时所修运河堤岸，故称隋堤。
② 搓得鹅儿黄欲就：指柳枝变得嫩黄。
③ 紫陌：指京师郊外的路。
④ 青门：此指京城的城门。

作者当年曾在安徽颍州任职，那时苏轼是颍州太守，喜欢他的才华，便向朝廷推荐他去京城任职。后来苏轼被发配，他也因为党派的原因，一直被冷落了十年。

这首词以春景抒情，抚今而忆昔，表达了对昔日恋人深深的思念之情。"搓得鹅儿黄欲就"一句，将春催杨柳的萌动状态形象生动地描写出来，令人赞叹。追怀去年在京都城门外的欢爱相聚，两情依依如春风搓柳。而今年，佳人已如云雨飘逝，给读者一种肝肠寸断的感觉。

尤其是末句，一直是人们传诵的名句，作者夸张地写道，"如果把人置于这种折磨之中，用不了几天，他就会死掉"，表达此刻的折磨是何等难以忍受。其实，从这首词中也不难看出，作者同时也表达了他对仕途坎坷、前景暗淡的无奈。

当年作者是在京城（开封）隋堤的柳树下与情人缠绵，如今的隋堤在哪里？

隋朝，隋炀帝为了沟通南北经济，也为了他自己的游玩，组织全国人力、物力，开凿了一条以洛阳为中心、北抵北京、南达杭州的大运河。

大运河的开封段，是以原来的汴河为基础开凿的，人们称这一段为汴河，也称隋堤。

汴河是大运河的重要组成部分，在中国历史上长期起着举足轻重的作用，特别是在宋代，北宋政府多年对汴河坚持不懈地治理，使汴河在当时全国的漕运交通中占有极为重要的地位。有人这样说：没有汴河就没有北宋东京城一百六十多年的繁盛，没有汴河也就没有流传千古的《清明上河图》。

北宋之后，南宋与金对峙，汴河也一分为二，从这个时候开始，汴河开始断流。在元明清时期，开封多次遭到黄河水的淹没，致使开封段的汴河基本上消失。

北宋东京城汴河上有桥梁十三座，州桥是其中最为壮观的一座。没想到我们现在竟然能找到它的遗址。沿中山路南行，过大纸坊街不到百米，路西有一块石碑，上面写着"州桥遗址"四个大字。站在石碑前，抬头四顾，大街上车水马龙，两旁高楼林立，实在无法把这里与汴河、隋堤联系

⊙汴西湖一角

⊙州桥遗址牌　盖静摄

在一起。

原来，考古人员发现，州桥就在我们脚下四米多深的地下。

当年这里的沿河两岸店铺林立，日日笙歌，每当月明之夜，"两岸夹歌楼，明月光相射"。俯瞰河面，银月映着泛泛水波，摇曳生姿，登桥观月的人纷至沓来，熙熙攘攘。"州桥明月"，是东京城八景之一。

赵令畤当年与情人相会，极有可能就是在这一带。只是，现在是在我们脚下四米处。

人们说，从现在的汴西湖，最能看到当年隋堤的影子。

我们来到汴西湖。这里是一个非常秀美的地方，湖中绿水悠悠，岸边垂柳依依。这里，也许就是当年隋堤的一部分。

相见欢

朱敦儒

金陵城上西楼，倚清秋①。万里夕阳垂地大江流。

中原乱②，簪缨③散，几时收④？试倩⑤悲风吹泪过扬州。

① 倚清秋：清秋时节倚于楼上。
② 中原乱：指金人侵占中原的大乱。
③ 簪缨：当时官僚贵族的冠饰。
④ 收：收复国土。
⑤ 倩：请。

靖康之难，汴京沦陷，朱敦儒仓促逃到金陵（南京），总算没有了生命危险。在一个清秋时节，词人登上西门城楼，但见夕阳染遍天空、洒满大地，一片殷红，浩浩长江在暮色中默默东流。此时的他，想起朝廷溃散、中原大乱，痛心疾首，他急切盼望收复失地，但却无回天之力，唯有一掬伤时之泪，洒向江天，让悲风吹过扬州，寄托他对故土的眷恋。

这首词从写景到抒情，表现了词人强烈的亡国之痛和深厚的爱国之情，感人至深。

靖康之难是中国历史上的一次重大事件，因发生在北宋皇帝宋钦宗靖康年间而得名。金军攻破东京（今河南开封），先是要挟大宋皇帝赵桓前往郊外的金军营地，宣布废黜了他的帝位；又要挟太上皇、皇后、太子、诸王、公主、嫔妃等前往郊外营地，将他们囚禁起来。金军除了在城中烧杀抢掠外，更俘虏了宋徽宗、宋钦宗父子，以及大量赵氏皇族、后宫妃嫔与贵卿、朝臣等数千人北上金国，东京城中公私积蓄被抢掠一空。靖康之耻导致了北宋的灭亡，深深刺痛了汉人的内心，南宋大将岳飞在《满江红》中说："靖康耻，犹未雪。臣子恨，何时灭！"

在这样大的国难当中，作者在西门城楼上触景生情、迎风洒泪就很让人理解了。

经过千年风雨的侵蚀，宋时的南京西门城楼在哪里？一般人还真难想象。

经确认，朱敦儒当年登上的西门城楼，就在现在的南京升州路与登隆巷交会的地方。宋时，升州路这里是一道城墙，在登隆巷这里有一道西门，西门外就是日夜奔流不息的浩浩长江，所以作者才有"万里夕阳垂地，大江流"的诗句。

现在的升州路，是一条宽阔的大街，街上车来人往。它的西南面是静静流淌的秦淮河，长江早已改道去了遥远的地方。

站在登隆巷口，想象着当年威严矗立在这里的西门城楼，想象着词人朱敦儒还站在上面倚楼眺望，思绪仿佛被他带到了北宋、南宋之间。就是朱敦儒眼前的那条长江，成了南宋政权抵御金军的一道天然屏障，在很长

⊙宋时的金陵西城门所在地

一段时间里，宋军就是靠着这道屏障打败了金军的多次进攻。

为了解读朱敦儒的这首词，我们特意细细读过关于靖康之难的相关记载，在国破的那段时间里，多少无辜百姓死于屠刀之下，多少妇女惨遭凌辱，多少人流离失所，惨状令人胆寒。

我们的特别感受是：无论你是谁，一定要爱国、卫国、强国，覆巢之下无完卵啊！

临江仙·夜登小阁忆洛中旧游

陈与义

忆昔午桥①桥上饮，坐中多是豪英。长沟流月去无声。杏花疏影里，吹笛到天明。

二十馀年如一梦，此身虽在堪惊。闲登小阁看新晴②。古今多少事，渔唱③起三更。

① 午桥：桥名，在洛阳。
② 新晴：指雨后初晴时的景色。
③ 渔唱：渔歌。

靖康之难后，词人开始了流亡生涯，饱受国破家亡的苦痛，历经颠沛流离，寓居浙江省湖州市青墩镇寿圣院僧舍，这时他已四十六七岁。在一个雨后初晴的夜晚，他登上僧舍小楼，回想起青年时在洛阳与友人诗酒交游的情景，心中百感交集，写下了这首词，抒发了他对国家沦陷的悲痛和漂泊四方的感叹。

我们先是循着史料的记载，经人指点，来到浙江省湖州市青墩镇（地点有争议），但这里已是一片现代生活区，找不到当年寿圣院的影子，寻问当地人士，谁也没有关于寿圣院的记忆。

后来我们来到洛阳寻找午桥，还好，现在洛阳东南部有一个午桥村，人们说，这里就是词中所说的午桥。历史上，它曾是唐朝宰相裴度和宋朝宰相张齐贤的别墅。

午桥村，说它是村，却已没有了村的模样，完全变成了城中的生活小区，楼房一排排，街道宽阔，一所房子前挂着"午桥宾馆"的牌子，只有它才给了我们唯一的提示：这里就是午桥。

裴度任宰相的那段时间，乱臣贼子横行朝野，裴度不辱使命，披肝沥胆，平定叛乱，是唐朝中兴的栋梁之臣。他共辅佐了宪宗、穆宗、敬宗、文宗四朝皇帝。后来，因皇帝重用宦官，打击排斥正直的朝臣。裴度既不满当时的朝政，又对扭转局势无能为力，便产生了退隐的想法。于是，他就在这里置了一所宅第，竹木葱翠，梯桥架阁。每当闲暇时，便与诗人白居易、刘禹锡在这里饮酒作诗。

午桥这里有一个小山坡，绿草一片，裴度就把一群羊散放于坡上，使雪白的羊群和如茵的绿草相映成趣，竟成了洛阳小八景之一"午桥碧草"。

到了宋代，张齐贤被罢相后来到洛阳，住进了裴度的午桥别墅。

其实，张齐贤不愧为一代名相。他出身贫寒，幼年丧父，志存高远，中进士后，无论是在地方为官，还是入朝拜相，他都善于用事，敢于担当，政绩卓著。更难能可贵的是，他足智多谋，富有军事才能，曾率兵与契丹作战，颇有战绩。

说起他被罢相，实在有点冤枉。那年皇宫举行朝会仪式，文武百官朝见天子。谁想到，宰相张齐贤却醉酒了，他衣冠不整，站立不稳，甚至跌倒在殿上。他当场遭人弹劾，三天后，朝廷罢免了他的宰相职务。

⊙楼上的"午桥宾馆"招牌还昭示着这里与午桥有关。

　　酒，自它诞生以来，就不停地演绎出一幕幕引人入胜的故事，也给人们造成不少遗憾。所以，何时何地能否饮酒、饮用多少，一定要心中有数，更当慎重。

　　我们很喜欢"长沟流月去无声"这句诗，在附近的街边，找到一条河流，河水在静静地流淌。我们就认为，这里是词人所说的长沟流月，当年词人就是在这里的杏树下一直吹笛到天明。

满江红

岳 飞

怒发冲冠，凭栏处、潇潇雨歇。抬望眼，仰天长啸，壮怀激烈。三十功名尘与土，八千里路云和月。莫等闲、白了少年头，空悲切。

靖康耻[①]，犹未雪。臣子恨，何时灭！驾长车，踏破贺兰山[②]缺。壮志饥餐胡虏肉，笑谈渴饮匈奴血。待从头收拾旧山河，朝天阙[③]。

① 靖康耻：宋钦宗靖康二年（1127），金兵攻陷汴京，虏走徽、钦二帝。
② 贺兰山：一说是位于宁夏回族自治区的贺兰山；一说是河北省磁县境内的贺兰山，岳飞曾在此抗金。
③ 朝天阙：朝见皇帝。

这首词是南宋抗金名将岳飞的名作，几乎人人知晓。但是，多少年来，关于这首词的作者、写作时间、写作地点、词中涉及的地名一直存有争论。

1129年秋，金兀术南侵，时任建康（南京）留守的杜充不战而降。金军得以渡过长江天险，很快就攻下临安、越州（绍兴）、明州等地，高宗被迫流亡海上。这一时期，岳飞率孤军坚持敌后作战，他先在广德（安徽省）攻击金军后卫，六战六捷，又在金军进攻常州时，率部驰援，四战四胜。次年，岳飞在牛头山（南京）设伏，大破金兀术，将南京收复，金军被迫北撤。不久，岳飞升任通州镇抚使兼知泰州，自此，他建立起一支纪律严明、作战骁勇的抗金劲旅"岳家军"，威震大江南北。

后来岳飞挥师北上，击破金傀儡伪齐军，收复襄阳、信阳等六郡。岳飞也因功升任清远军节度使。紧接着，岳飞又败金兵于庐州（安徽合肥），金兵被迫北还。1135年，岳飞率军镇压了杨幺起义军，收编了起义军中的

⊙黄鹤楼

⊙黄鹤楼公园中的岳飞塑像

⊙岳飞亭

五六万人，更使"岳家军"实力大增。

1136年，岳飞再次出师北伐，攻占了伊阳、洛阳、商州和虢州，但他很快发现自己孤军深入，既无援兵，又无粮草，不得不撤回鄂州（湖北武昌）。

一般认为，就在这一时期，岳飞写下了千古绝唱《满江红》。

岳飞曾在黄鹤楼下的武昌镇守达七年之久，他三次北伐抗击金军，都以这里为基地。他念念不忘的是北伐大业，因此他仍不断上奏，要求选派精兵二十万直捣中原，收复失地，以免坐失良机。

他曾登上黄鹤楼，北望中原，写下了另一首《满江红》感怀词，即《满江红·登黄鹤楼有感》，上阕为："遥望中原，荒烟外、许多城郭。想当年、花遮柳护，凤楼龙阁。万岁山前珠翠绕，蓬壶殿里笙歌作。到而今、铁骑满郊畿，风尘恶。"

现在的黄鹤楼公园内有岳飞亭，不远处矗立着一座高八米的岳飞铜雕。只见他甲胄未卸，战袍临风，扶鞍勒马，眼神忧愤，身旁的战马仿佛在嘶啸。

游客来到这里，都喜欢在铜像前留影。

登上岳飞曾经登过的黄鹤楼，像岳飞一样"遥望中原"，现在已是一片繁荣景象。不过，遥想岳飞的千古奇冤，却真的禁不住要"怒发冲冠"了。

小 重 山

岳 飞

昨夜寒蛩①不住鸣。惊回千里梦②，已三更。起来独自绕阶行。人悄悄，帘外月胧明。

白首为功名。旧山松竹老，阻归程。欲将心事付瑶琴。知音少，弦断有谁听？

① 寒蛩（qióng）：秋天的蟋蟀。
② 千里梦：指赴千里外杀敌报国的梦。

这首词是岳飞不同于《满江红》风格的作品。《满江红》慷慨激昂，凝聚着岳飞忠贞报国的豪迈精神。而这首《小重山》则抑扬顿挫，含蓄委婉，曲折地道出心事，情景交融，寓情于景，表达了他忧国忧民却又壮志难酬的悲苦心境。

这首词的写作地点也有多种说

法，因为从词中看不到任何线索，甚至根本就说不清到底是作于哪里，几种说法也只是推断而已。

有一种说法是这首词作于庐山脚下的东林寺，分析得倒是有几分道理。

岳飞与九江、东林寺有着不解之缘。1132年，岳飞以八千兵力，出奇制胜，大破李成，屯军九江时，就经常往东林寺游览，并且和当时的主持慧海法师结下深缘，来往甚密。

当年岳家军最强盛的时候，总部就驻扎在九江，东林寺自然是岳飞的常去之处。那时"岳家军"已名声在外，不过，皇帝赵构却对"岳家军"这一称呼感到极为不安，大宋朝的所有军队都是皇帝的，你如何敢称为"岳家军"。

1136年，岳飞的母亲去世。岳飞听到噩耗，痛彻心骨，没有向赵构请假，就弃官赴丧，他把母亲葬在庐山下，又为母亲守丧，这一时期，他也住在东林寺。赵构对岳飞这种擅离职守的行为很是不满，因为岳飞手握重兵，便开始对他产生怀疑。

不久，淮西军统帅刘光世因厌倦军旅生涯，提出辞职。刘光世辞职回京后，赵构赐给他一些玉器珍玩，刘光世爱不释手，从早晨把玩到天黑，有时竟通宵不睡，这让赵构很放心。与此形成鲜明对比的是，岳飞立即向赵构提出收编淮西军，并保证三年收复中原。赵构此时已不大信任岳飞，便不肯给岳飞增兵。

宰相张浚也恐怕岳飞兵势太大，日后难以控制，便支持赵构的意见。在确定接替刘光世的人选问题上，张浚与岳飞发生顶撞，岳飞一怒之下，上表请辞去一切职务，赵构不准，岳飞却弃职返回位于九江的老营，不久又遁入庐山东林寺隐居。

赵构本来就猜忌岳飞，见岳飞自卸兵权，乐得顺水推舟，就派张宗元去执掌岳家军。那时岳家军的大部队在武昌，张宗元一到，就差点引发兵变。将校们见来的不是岳飞，群情激愤，甚至持刀相逼，幸亏张宪竭力劝

⊙东林寺内景

解，张宗元才勉强任职。

这件事让赵构非常气恼，对岳飞彻底不信任了。

人们认为，《小重山》一词就是岳飞在此种情况下写于东林寺的。

东林寺建于东晋时期，南面庐山，北倚东林山，是佛教净土宗的发源地。虽然历史上曾多次毁建，但现在来到这里，仍然能感到它的宏大。寺前有聪明泉。许多游人对聪明泉十分感兴趣，往往投币许愿，成为一处人文景观。寺里，古木参天，这里有一千六百多年的罗汉松、千年樟，还有宋代柳等，显示着东林寺的古老。

轻轻地踏上一级级台阶，体味着当年岳飞半夜起床绕阶独行的滋味，那时他的内心是多么激愤，多么无奈。这一场景，挺立于院中的罗汉松一定亲眼见过，如果它会说话，一定会为岳飞鸣冤。

我们久久地伫立于罗汉松下，似听到它心中发出的怒吼。

念奴娇·过洞庭

张孝祥

　　庭青草，近中秋、更无一点风色。玉鉴琼田[①]三万顷，着我扁舟一叶。素月分辉，明河共影，表里俱澄澈。悠然心会，妙处难与君说。

　　应念岭表经年[②]，孤光自照，肝胆皆冰雪。短发萧疏襟袖冷，稳泛沧溟空阔。尽吸西江[③]，细斟北斗[④]，万象[⑤]为宾客。扣舷独啸，不知今夕何夕。

① 玉鉴琼田：形容湖水明净光洁。
② 岭表经年：指作者被贬，在岭南的一段时光。
③ 西江：洞庭湖以西的长江。
④ 北斗：星座名，由七颗星排成像舀酒的斗的形状。
⑤ 万象：万物。

　　这首词是张孝祥广为流传的代表作，历来为人们所喜爱。

　　张孝祥自幼聪敏过人，被视为天才儿童，十六岁那年，通过了乡试，走出了迈向仕途的第一步。二十三岁那年，参加廷试，高宗亲自将他擢为第一，成为状元，同榜中进士的有范成大、杨万里、虞允文等。

在中状元后的五年中，张孝祥官居临安，接连升迁，直至升任中书舍人，为皇帝执笔代言。他的平步青云，遭到不少人的嫉妒，再加上他登上政治舞台不久，便站在主战派的立场上，并且上书为岳飞鸣冤。秦桧便指使党羽诬告他的父亲张祁杀嫂谋反，将张祁投入监狱，百般折磨，张孝祥因此受到牵连，多亏秦桧不久身死，他们父子才结束了这段噩梦般的日子。

1164年，由于宰相张浚的推荐，张孝祥被任为中书舍人，兼都督府参赞军事，尽管当时因为军事失利，又有许多人主张议和，但张孝祥仍旧坚持自己主战收复中原的理想。哪里想到，最后又是主和派占了上风，四月，张浚被免职，八月逝世。十月，张孝祥又被罢免，后被放到广西桂林。一年后从桂林返回时，经过洞庭湖。

张孝祥就是在这样的背景下写了这首词。

张孝祥在洞庭湖月夜泛舟，想起岭南一年的被贬生涯，因自己无所作为而有所愧疚，不过由于自己坚持正道，"肝胆皆冰雪"，又使他稍感安慰。他要以西江水作酒，北斗星作盅，将天下万物邀为宾客，举杯畅饮。

词句意境气势之恢宏，让人心胸顿时为之开阔。同时也表现出他对宇宙奥秘、人生哲理的深刻领悟，达到一种超越时空的极高的精神境界。

我们来到洞庭湖，乘着月色，泛舟在当年张孝祥泛舟的湖面上。

⊙洞庭湖畔的岳阳楼

⊙洞庭湖

　　这个时候，洞庭湖上朦朦胧胧，湖水与天空连在一起，让人分不清远处的亮光是星星还是渔火。抬头仰望浩瀚的夜空，那里挂着一轮金黄的圆月，将淡淡的光辉撒向洞庭湖。站在湖边轻轻地望过去，一片浮光跃金。

　　身处洞庭湖上，想着张孝祥的坎坷经历，背诵着他的千古名句，脑子里忽然蹦出一句话："宠辱不惊，看庭前花开花落；去留无意，望天空云卷云舒。"

钗头凤

陆　游

红酥手，黄滕酒①。满城春色宫墙柳。东风恶，
欢情薄。一怀愁绪，几年离索②。错，错，错。

春如旧，人空瘦。泪痕红浥③鲛绡④透。桃花落，
闲池阁。山盟虽在，锦书⑤难托。莫，莫，莫！

① 黄滕酒：黄封酒。宋代官酒以黄纸为
　封，故以黄封指美酒。
② 离索：孤独的生活。
③ 浥：湿。
④ 鲛绡：薄纱似的手帕。
⑤ 锦书：这里指情书。

　　这首词写的是陆游自己的爱情悲
剧，被人们称为千古绝唱。

　　陆游的一生波折重重，他不但仕
途坎坷，而且爱情也很不幸。二十岁

⊙沈园入口

时陆游和表妹唐婉结为伴侣。两人青梅竹马，婚后情投意合、相敬如宾。

但是，令人难以置信的是，这样一个好儿媳，却让陆游的母亲很是不满。

有人归纳了几个原因，大致是这样：首先，陆游与唐婉结婚后，情爱弥深，完全沉醉于两个人的天地中，把功名利禄抛置于九霄云外。而陆游的母亲一心盼望儿子金榜题名，登科进官，以便光耀门庭。目睹这样的状况，她大为不满。其次，陆游与唐婉婚后三年始终未能生养，陆游的母亲认为是唐婉"误了宗祀香火"。再次，就是陆游的母亲找算命先生算了一卦，说是陆游与唐婉八字不对，命相不合，恐日后发生大事。

由此，陆游的母亲坚定不移地逼迫孝顺的儿子休妻。陆游与唐婉虽然感情很深，但在封建礼教的压制下，只能顺从母亲，含泪与唐婉离婚。

陆游的母亲马上为陆游另娶了一位温顺本分的王氏女子为妻，彻底切断了陆、唐之间的悠悠情丝。无奈之下，陆游只得收拾起满腔的幽怨，在母亲的督教下，重拾科举课业，以他扎实的学识功底和才气博得了考官的赏识，被荐为魁首，但在第二年春天的礼部会试时却失利。

陆游回到家乡，心中备感凄凉，在一个繁花竞妍的春日，随意漫步到禹迹寺南部的沈园。哪里想到，在园林深处的幽径上，竟迎面遇见了唐婉与她的现任丈夫赵士程。赵士程是个宽厚重情的读书人，他对曾经遭受情感挫折的唐婉表现出深深的同情与谅解，使唐婉饱受创伤的心灵渐渐平复。而这次与陆游的不期而遇，无疑将唐婉已经封闭的心灵猛然打

⊙沈园一隅

⊙刻着两首《钗头凤》的沈园短墙

开，里面积蓄已久的千般柔情、万般委屈一下子奔涌而出，让柔弱的唐婉无力承受。

关于这次偶遇，不同的史料为我们描绘了三个场景。场景一，陆游与唐婉四目相对，千言万语却无法说出，唐婉只得默默离开。场景二，唐婉与赵士程来到池中水榭上进食，唐婉征得赵士程的同意，差人给陆游送去了一杯黄縢酒。场景三，赵士程有意避开，让陆游与唐婉诉了衷情，唐婉亲自端来一杯黄縢酒送给陆游，陆游一饮而尽。

不管历史上真实的场景是哪一个，总之，他们的这次相遇，彻底打开了陆游感情的闸门，情感的潮水一泻千里，陆游提笔在沈园的墙壁上写下千古绝唱《钗头凤》。

沈园，又名沈氏园，在浙江绍兴，原是宋时一位沈姓富商的私家花园，初建成时规模很大，占地七十多亩。园内绿树成荫，亭台楼阁，小桥流水，一派江南景色。

如今走进沈园，所见建筑虽是后期所建，但那韵味恰似就是陆游当年时的原景，那古亭，那石桥，与想象中的一模一样。

沈园的墙壁上，仍刻着陆游的这首《钗头凤》，旁边就是唐婉写的那首《钗头凤》，两首词并在一起，见证着他们那遗恨绵绵的爱情故事。

诉衷情

陆　游

当年万里觅封侯，匹马戍梁州①。关河梦断何处，尘暗旧貂裘。

胡②未灭，鬓先秋，泪空流。此生谁料，心在天山③，身老沧洲④。

① 梁州：指陕西南部汉中地区。
② 胡：此指金兵。
③ 天山：这里代指抗金前线。
④ 沧洲：滨水之地，古时隐士所居之处，此处指陆游晚年退隐的故乡绍兴镜湖边。

这首词是陆游晚年隐居绍兴时所写。

1189年，陆游被弹劾罢官后，退隐绍兴故居。这期间他常常在风雪之夜，孤灯之下，回首往事，梦游抗金

⊙陆游家门前的镜湖

前线，写下了一系列爱国诗词，这是其中的一篇。

陆游应四川宣抚使王炎之邀，前往当时西北前线重镇南郑军中任职，度过了八个多月的戎马生活，那是他一生中最值得怀念的一段岁月。

对于陆游这样以身许国、胸怀壮志、一心想收复中原的人，这种闲散的隐居生活使他难以忍受。他不能理解，也万万没有想到，为什么在国难当头之际，他却报国无门，而落得心系前线、闲居家乡的境地。因此，在词的结尾，他以天山代指南宋抗金的西北前线，以沧州代指自己闲居的镜湖边，痛苦地发出了"此生谁料，心在天山，身老沧洲"的呼喊。

我们循着陆游的足迹，到过他当年从军的地方——陕西省南郑县，他在诗词中称为梁州；也到过他曾战斗过的秦岭中的大散关，亲身感受着他的从军经历，感受着他的爱国热情。

最后我们来到他晚年隐居的镜湖边，来寻找他的故居。几经询问，我们来到三山园这里的塘湾村，人们也称其西村，这里是陆游的三山故居所在地。三山因石堰山、行宫山、韩家山矗立镜湖岸边，鼎足相接而得名。当年陆游回到故乡，在行宫山下筑屋数间，在此度过了他的晚年。

望望那相距不远的三座山，不高也不大，它们相约挺立在镜湖边，默默无语。殊不知，就是在这块地方，陆游晚年在这里生活了二十余年，在地上留下密密匝匝的足印。

可惜，我们来晚了——或者说是来早了。我们在行宫山下看到的是一片好大的施工工地，机器声隆隆，车来人往。

原来，人们正在以陆游故里为主题，以中国南宋乡村生活为背景，要将这里打造为一处集陆游纪念、文化休闲、旅游集散为一体的镜湖沿河旅游度假休闲地。

一位负责的同志说，晚年的陆游在这里写了好多的诗词，最具代表性的是《游山西村》。那年陆游漫步山间道上，突然觉得前面无路可走。没有想到的是，一拐弯，眼前豁然开朗，柳树成荫，竹篱茅舍，好一个温馨的村庄。他心中喜悦，便写下了"山重水复疑无路，柳暗花明又一村"的著名诗句。

这个正在建设中的文化园，将恢复当年陆游生活在这里时的场景，那时再来，就可真正体会到陆游文化的厚重了。

好吧，等到明年春天，我们再来与陆游相会。

青玉案

辛弃疾

东风夜放花千树，更吹落，星如雨。宝马雕车^①香满路。凤箫^②声动，玉壶^③光转，一夜鱼龙舞^④。

蛾儿雪柳黄金缕^⑤，笑语盈盈暗香去。众里寻他千百度，蓦然回首，那人却在，灯火阑珊处。

① 宝马雕车：豪华的马车。
② 凤箫：箫的美称。
③ 玉壶：比喻明月。
④ 鱼龙舞：指舞动鱼形、龙形的彩灯。
⑤ 蛾儿雪柳黄金缕：皆为古代妇女头上佩戴的装饰品，这里指盛装的妇女。

这首词是词人刚从北方投奔到南宋，在南宋的都城临安（杭州）所作。当时大宋的半壁江山都在金人的铁蹄蹂躏之下，而南宋统治阶级却不思恢复，偏安江左，沉湎于歌舞享乐之中，以粉饰太平。辛弃疾欲补天穹，却恨无请缨之路。他满腹的激情、哀伤、怨恨，交织成这幅元夕求索图。

当年的那个元夕，有没有这个真实的"那人"存在？我们只能猜测，与其说有这个人，不如说这是作者英雄无用武之地，而又不肯与苟安者同流合污的自我写照。

大多数人都知道，辛弃疾是一位著名的文学家。而很少有人了解，辛弃疾还是一位了不起的军事家，竟然在二十多岁的时候就领导了农民起义，并且战无不胜。所以在历史上人们评价他是一个文能治国、武可杀敌的奇才。

辛弃疾出生于济南历城，他的父亲去世得很早，他是随祖父辛赞长大的。在金人进入中原时，辛赞因家族中人丁太多，没法跟宋庭一起南逃，只有出仕金朝，在宿州、亳州等地做县令。辛赞虽为金朝官员，心中却倾向于宋庭，在辛弃疾很小的时候便向他灌输恢复大宋江山的思想。

⊙西湖边的风波亭

在金人统治的时期，苛捐杂税已让人们不堪重负，加之金人官兵恣意妄为、无恶不作，逼得许多人聚众起义。

辛弃疾二十二岁那年，在家乡进行了广泛的联络，在很短的时间内便组织了近千人，要举行暴动。经过缜密的筹划，一天夜里，辛弃疾带着他的义军直捣附近的金人军营，一举将他们全部消灭。当地百姓欢欣鼓舞，也使辛弃疾的威名大震，不几日，他的义军队伍便扩大到两千余人。

后来，辛弃疾经过周密的考虑，将队伍归附到活动在泰山一带的耿京军中。耿京是当时北方一位有名的义军领袖。辛弃疾足智多谋，又极具军事才能，在他的参谋、指挥下，耿京打了一个又一个胜仗，队伍很快发展到二十五万人。

这时，辛弃疾又向耿京提出了一个更加长远的计划，他认为，时下局势动荡，各地义军虽多，可都是孤军奋战，没有一个整体的部署，很难与金军对抗。如果能与宋廷取得联系，得到他们的认可，待时机成熟，配合宋朝大军，便可完成恢复中原的大业。

辛弃疾受耿京的委托，几经辗转，到达江南，并受到宋高宗的接见。经过辛弃疾的不懈努力，宋廷终于授耿京为天平军节度使兼节制京东河北忠义军马，授辛弃疾为右承务郎。至此，耿京的义军得到了宋廷的认可。

然而，就在辛弃疾讨了封诰，兴冲冲地返回北方时，半路上却惊闻耿京被部下张安国杀害的消息。张安国带了五万人马

⊙杭州夜市

投奔了金人，其余的义军将士失去了主心骨，都已四散而去。

这对辛弃疾来说，无异于晴天霹雳。

他在详细了解了事情的经过后，选了五十精兵，乘夜色突袭了张安国的营地。当时，张安国正与金人一起饮酒作乐，被辛弃疾等人杀了个措手不及，张安国被辛弃疾生擒。

辛弃疾一直将张安国带到临安（杭州），交与宋廷，将他斩首示众，方出了心中一口恶气。

由于张安国的破坏，辛弃疾在北方的队伍散了，他便不得不留在南方，做了江阴签判。从此，他开始了长达四十五年转任各地、时宦时隐的生活，心情一直非常压抑。直到死时，那抗金卫国的壮志也没有得到实现。

来到现在的杭州，无须太多的解释，人们都知道它的繁华；也无须等到元夜，你随便在哪个晚上，任意走到哪条大街上，眼前都是灯火璀璨，车水马龙。现在的繁华，是真正的国泰民安的繁华，不比辛弃疾那个时代了。

永遇乐·京口北固亭怀古

辛弃疾

千古江山，英雄无觅，孙仲谋①处。舞榭歌台，风流总被，雨打风吹去。斜阳草树，寻常巷陌，人道寄奴②曾住。想当年，金戈铁马，气吞万里如虎。

元嘉③草草④，封狼居胥⑤，赢得仓皇北顾。四十三年，望中犹记，烽火扬州路。可堪回首，佛狸祠⑥下，一片神鸦社鼓。凭谁问：廉颇老矣，尚能饭否？

① 孙仲谋：三国时的吴王孙权，字仲谋。
② 寄奴：南朝宋武帝刘裕小名。
③ 元嘉：刘裕的儿子刘义隆的年号。
④ 草草：轻率。
⑤ 封狼居胥：霍去病远征匈奴，封狼居胥山而还。狼居胥山，在今蒙古境内。
⑥ 佛（bì）狸祠：北魏太武帝拓跋焘小名佛狸。他在长江北岸建立的行宫，即后来的佛狸祠。

写这首词时，辛弃疾已六十六岁。当时韩侂胄在朝中执政，他积极筹划北伐，闲置已久的辛弃疾于前一年被起用为浙东安抚使，这年春初，又受命担任镇江知府，戍守江防要地江苏镇江。辛弃疾支持北伐抗金的决策，但他又清楚地意识到政治斗争的

⊙北固楼

险恶，他认为应当在军事上做好充分准备，绝不能草率行事，否则难免重蹈覆辙，使北伐再次遭到失败。

辛弃疾的意见没有引起南宋当权者的重视。一次，他来到北固山，登上北固亭，凭高眺望，怀古忆昔，心中感慨万千，写下了这篇千古传诵的杰作。

韩侂胄是南宋中期的权臣、外戚，官至宰相。在他执政期间，追封岳飞为鄂王，追削秦桧官爵，力主北伐金国，收复中原。虽然一时取得了可喜的战果，却因将帅乏人，他本人又被陷害致死而功亏一篑。

在金国示意下，杨皇后等人设计将韩侂胄杀害，将他的头颅割下来送给金国，而且，还将其诬以奸臣。有人说，他是比岳飞还要冤的抗金名相。

最后，这次北伐正如辛弃疾所担心的那样，以失败而告终。

在这首词中，辛弃疾用了多处典故，加深了词的内涵。但是，如果不了解这些历史故事，却又不容易明白其含意。

词中所说的"寄奴"，是南朝刘宋开国皇帝刘裕。刘裕自幼家贫，在东晋末期的乱局中趁势崛起，他对内消灭了割据势力，对外又致力于北伐，消灭南燕、后秦等国，收复山东、河南、关中等地。在战争中，真

⊙北固山

是"金戈铁马，气吞万里如虎"，所向披靡。后废晋恭帝司马德文，自立为帝，国号宋。

词中的"元嘉"，指的是刘裕之子刘义隆，他的即位年号是元嘉。在他这一代，刘宋的数次北伐均以失败告终，还招致北魏的大举反击。

词中"凭谁问：廉颇老矣，尚能饭否？"这一句，历来为很多人所熟记。

廉颇是战国时期赵国的一员虎将。惠文王死了，儿子孝成王接班。孝成王偏听别人的鬼话，任命赵国另一名将赵奢的儿子赵括为将，取代廉颇。这个赵括就是诞生了成语"纸上谈兵"的那位，刚上战场，就被秦军打得大败。

孝成王死后，他的儿子赵悼襄王仍然不重用廉颇，气得廉颇跑到魏国去了。

由于赵国久受秦军围困，悼襄王想重新起用老将廉颇，便派使者前往。哪里想到，这位使臣受了廉颇仇人的重金贿赂，不顾廉颇身体健壮的事实，污蔑廉颇吃一顿饭竟然三次拉稀，一下打消了悼襄王重新起用廉颇的念头。

在这首词里，辛弃疾以廉颇自比，表达了报国无门的悲愤，仰天长叹："凭谁问：廉颇老矣，尚能饭否？"

时至今日，站在北固山下，远望北固亭，仍为辛弃疾感到十分惋惜。

⊙北固山下的长江

菩萨蛮·金陵赏心亭为叶丞相赋

辛弃疾

青山欲共高人①语，联翩万马来无数。烟雨却低回②，望来终不来。

人言头上发，总向愁中白。拍手笑沙鸥，一身都是愁。

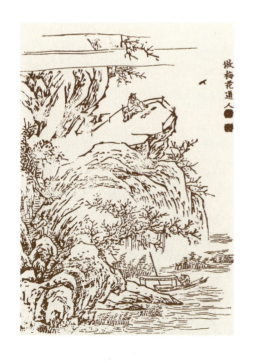

① 高人：指叶衡，即叶丞相。
② 低回：徘徊不进的样子。

这首词写于1174年的春季，当时，辛弃疾任江东安抚司参议官，是江东留守叶衡的部属。这一年他三十五岁，投南宋已有十余年了，但一直壮志未酬，功业未建。这一天他登赏心亭望远，感慨万千，期盼有一天能与志同道合的"高人"共商国是。叶衡对辛弃疾很是器重，后来他

⊙《袁安卧雪图》

升任右丞相兼枢密使时，立即推荐辛弃疾为仓部郎官。写此词时，叶衡尚未升任丞相，题目里的"为叶丞相赋"，是后来追加的。

又有人说这首词是辛弃疾陪叶衡一起登赏心亭而作，从词的内容看，也较符合。青山有情，高人难遇。而今斯人一登上赏心亭，那逶迤的青山不知有多少心里话要向他倾诉，其势如万马奔腾，向他涌来。不说人之眺山，而说山之就人，这就把静景写活了。后面"拍手笑沙鸥，一身都是愁"句，借说鸟与愁无关，实说愁与人甚切。鸟愁是虚，人愁是实，词中饱含着词人之愁，英雄之泪。

在宋时，赏心亭里悬挂着一幅《袁安卧雪图》，据说是皇帝御赐之作，引得建康（南京）十四任太守都十分钟爱，想据为己有，却又不敢动手。

这究竟是怎样的一幅画？

画中的主人公是东汉大臣袁安，明帝时，任楚郡太守、河南尹，政令严明，断狱公平。在职十年，京师肃然，名重朝廷。和帝时，窦太后临朝，

119

外戚窦宪兄弟专权操纵朝政，袁安不畏权贵，多次直言上书，揭露窦氏种种不法行为，为窦太后忌恨。但袁安节行素高，窦太后无法加害于他。

"袁安卧雪"是发生在袁安身上的一件事，后来演化成一个历史典故。袁安年轻时家境十分贫寒，有一年冬天，气候特别寒冷，连续下了三天三夜大雪，大街小巷都被积雪填满，不少人家的门都被积雪封住了。雪停以后，官府派出差役，把几条主要街道上的积雪扫开。洛阳令来到街头视察灾情，他看到有些家中断粮的穷人不得不出门乞讨，心中十分忧虑。

洛阳令又往前走了一段路，来到一所简陋的草屋前，只见大门紧闭着，门前的积雪很深，却没有人出来打扫。经询问，一位老人说，这屋子里住着一位袁公子，是个穷书生，三天来，他家屋上没冒过炊烟，说不定已经死了吧。

后来他们铲掉了袁安门前的积雪，看到袁安躺在床上，脸上没有一点血色，床头放着几卷儒家的经书。洛阳令问他为何不出去向邻家要点吃的，袁安有气无力地说，这样大的雪，挨饿的人肯定不少，我不愿意再去打扰别人。洛阳令听了，很受感动，认为袁安这样清贫自守、不乞求于人的品德十分可贵。回京以后，他向明帝荐举袁安为孝廉，袁安从此踏上了仕途。

后人便将这一典故作为绘画的传统题材，历史上许多著名画家都画过《袁安卧雪图》，用来形容读书人甘愿自己困守寒门而不乞求于人的气节和操守。

赏心亭里的《袁安卧雪图》无比珍贵，最终还是被一位太守用一幅平常画作换走，赏心亭也经过多次毁建。

在历史的长河里，损毁的是物件，留下来的是精神，赏心亭就被赋予了一种精神。

现在，夕阳下的赏心亭，很美。

西江月·夜行黄沙道中

辛弃疾

明月别枝惊鹊①，清风半夜鸣蝉。稻花香里说丰年，听取蛙声一片。

七八个星天外，两三点雨山前。旧时茅店②社林③边，路转溪桥忽见④。

① 别枝惊鹊：惊动喜鹊飞离树枝。
② 茅店：茅草盖的乡村客店。
③ 社林：土地庙附近的树林。
④ 见：通"现"，发现，出现。

这首词为我们描绘了一幅非常优美的山乡夜色图：天边的明月升上了树梢，惊飞了栖息在枝头的喜鹊，清凉的晚风仿佛带来了远处的蝉鸣。在稻花的香气里，传来一阵阵青蛙的叫声，好像在歌唱着又一个丰收年。

⊙黄沙岭山间小亭（黄沙岭乡政府供图）

辛弃疾在南宋曾做到封疆大吏，但他英伟磊落的议论和果断干练的作风，特别是力主抗战收复中原的政治主张，却遭到有些人的嫉恨和最高统治者的打击。1181年，他被弹劾罢官，来到江西上饶，过着闲散的退隐生活。

在此期间，辛弃疾经常往来于上饶一带的山山水水间，留下了许多描写这一带风景的词。

这首词所写"夜行黄沙道中"的黄沙道，在今江西省上饶市上饶县黄沙岭乡，具体是指从黄沙岭乡黄沙村的茅店到大屋村的黄沙岭之间的那条山间古道。南宋时这是一条直通上饶古城的比较繁华的官道，东到上饶，西通江西省铅山县。

黄沙岭古道的路程不算长，上山五里，下山五里，但坡度比较陡。听村里的老人说，在过去，一提到要走黄沙岭，人们都有点打怵。翻越黄沙岭的人一般都是挑着货物，从山脚到山顶，短短的五里路，途中要歇息十几次。

刚走上黄沙岭的那段路，周围都是农田，农民们为了耕种方便，会经常整修田间的路，因此只能算是田间小道，还不能称之为黄沙古道。四周仍是一片一片的稻田，可惜不是稻花飘香的时候。不过，走在这里心情还是非常愉悦的。

往山上走，逐渐就显出了原始古道的味道，路上铺的不规则的石块经几代人的常年踩踏，表面都很光滑。不过，在许多地方古道已残缺不全了，

⊙辛弃疾夜间走过的黄沙岭（黄沙岭乡政府供图）

⊙茅店村外的古石拱桥（黄沙岭乡政府供图）

有明显被雨水冲刷过的痕迹。有一些横跨小山沟上的桥则是石块和水泥搭建的，这些就是现代人所为了。

四周都是群山，山上没有大树，茂盛的灌木丛覆盖着山体，一片郁郁葱葱。

黄沙岭山口处是一块较为平坦的地方，路边有一个大凉亭，不远处有一栋房子，里面供奉着神像，后面写着"大雄宝殿"。记起在山下听人说黄沙岭上有黄沙庙，想必就是这里。这是我们见到的最简单、最朴实的原生态寺庙。

踩着辛弃疾的脚印，我们一直来到"路转溪桥忽见"的"旧时茅店社林边"，就是现在的黄沙村茅店。

茅店街中，两边是普通的楼房。拐进一条小巷，往前走一段路，前面是一条小溪，溪水之上也确有一座小桥，是拱桥，上面长满了茅草，仿佛就是当年辛弃疾所见的溪桥。

茅店外、小溪边已看不见"社林"了，那里是成片的稻田。从那里传来的蛙声，仿佛来自辛弃疾的年代。

菩萨蛮·书江西造口①壁

辛弃疾

郁孤台②下清江③水，中间多少行人泪。西北望长安，可怜④无数山。

青山遮不住，毕竟东流去。江晚正愁余，山深闻鹧鸪⑤。

① 造口：即皂口，镇名，今被江西省万安县万安水库所淹。
② 郁孤台：古台名，在今江西省赣州市区。
③ 清江：指赣江。
④ 可怜：可惜。
⑤ 鹧鸪：鸟名，传说它的叫声是"行不得也哥哥"，啼声凄苦。

1176年，作者任江西刑法狱颂方面的官吏，经常巡回往复于湖南、江西等地。当他行至江西万安县造口时，俯瞰不舍昼夜流逝而去的江水，思绪也似这江水般波澜起伏，绵延不绝，在江边的墙壁上题下这首词。

为什么造口这地方能引得辛弃疾情绪激动？

当年，金兵南下，攻入江西。隆佑太后由南昌仓皇南逃，金兵一直追到造口，太后不得不弃舟登陆而去。

隆佑太后即人们所说的宋哲宗孟皇后，她曾遭人诬陷，被废后居住在瑶华宫，成了女道士。后来，哲宗亡，徽宗即位，她被召回宫中，但是只一年，又被踢出宫去，再次被发配到瑶华宫。

金兵攻下了北宋首都，北宋亡。宋徽宗、宋钦宗及皇室成员尽被掳去，孟皇后因不在皇室名册中，又因瑶华宫起火时她避于民居家中，才免遭被俘北上的命运。

金军撤退后，开封城留下了以张邦昌为首的傀儡政府，张邦昌自知没有号召力，就招来孟皇后撑腰，尊其为宋太后。当孟皇后知道宋徽宗第九子赵构因执勤在外而未被掳走时，立即秘密去信劝他称帝。就这样，二十一岁的赵构很快登基，宋室王朝得以延续。

⊙万安水库

孟太后的故事还没有结束。宋室迁杭州不久，苗傅、刘正彦发动兵变，拥立三岁的皇太子赵旉为帝。在这关键时刻，孟太后毫无畏惧地来到叛军面前。她一面曲意抚慰叛军，答应让高宗退位，一面悄悄召见韩世忠的夫人梁红玉，密令她前往嘉兴去找韩世忠火速勤王。很快，韩世忠、张浚等赶来，平息叛乱，再一次挽救了赵构。

当年辛弃疾站在造口江边时，一定想起了这些令人悲伤的事情。

⊙郁孤台

⊙郁孤台前的辛弃疾塑像

可惜，当我们来寻找造口时，却再也看不见它的容颜。前些年，万安县在赣江上建起了拦河大坝，这里成了万安水库，造口被浩瀚的水库淹没了。

我们只好来到相对离造口较近的沙坪镇，沿这里的水库岸边遥望过去造口的地方，一发思古之幽情。

后来我们来到词中所说的郁孤台。

此台在江西赣州市西北角的贺兰山上，章水与赣江在这里交汇。因山势高突，郁然孤峙，人们称之为郁孤台。

从山下望过去，三重屋檐，檐角飞翘，巍然挺立。

台前有辛弃疾塑像，只见他右臂撩斗篷于身后，左手握长剑于胯部，

⊙郁孤台下的古城楼

剑眉紧锁，凝目远眺，深邃的目光中，流露出几多愤懑，几多无奈。

跨进郁孤台门厅，墙壁上悬挂的就是辛弃疾的这首词。在此处默念辛弃疾的词句，不禁让人想起当年外敌入侵时，南宋国势艰危，百姓颠沛流离，王室南渡，太后逃生，金兵紧追至造口，太后不得不弃舟登陆而去的惨痛景象。

这样的历史耻辱，人们如何能够忘记。

郁孤台下有一段宋代的老城墙，颜色暗红，中间生长着青草，虽然如今看去这城墙斑斑驳驳，满身伤痕累累，但它俨然像是一位经风历雨、昂首挺胸的男子汉，给人一种充满力量的震撼，似在告诉人们：位卑未敢忘忧国。

丑奴儿·书博山道中壁

辛弃疾

少年①不识②愁滋味，爱上层楼③。爱上层楼，为赋新词强说愁。

而今识尽愁滋味，欲说还休④。欲说还休，却道天凉好个秋。

① 少年：指年轻的时候。

② 不识：不懂。

③ 层楼：高楼。

④ 欲说还休：想说而终于作罢，没有说。

博山在江西省上饶市广丰区。

现在我们来到这里，只见山势雄伟，层峦叠翠，林谷幽深，泉清石奇。

首先映入我们眼帘的是山中的能仁禅寺，也叫博山寺，白墙红瓦，镶嵌于一片翠绿之中，让博山有了夺目的色彩。当地人说，博山的主要景观有二十六处之多。"九龙戏珠"，是九座狭长的小山起伏如波，似九龙争抢博山寺前一座高高隆起的圆形山阜。"伏虎长啸"，是博山寺东边一座山，形如伏虎，张着大口像在怒吼。"浴龙池"，是博山寺前的博山湖，常年不涸，山石林木倒映湖中，清幽奇秀……

如此秀美风光，难怪辛弃疾当年被贬官后会经常来这里，只可惜他来这里时是满腹忧愁。

从这首词来看，作者运用对比手法，突出地渲染了一个"愁"字，以此作为贯串全篇的线索，上阕描绘出少年涉世未深却故作深沉的情态，下阕写出满腹愁苦却无处倾诉的抑郁，全词构思新巧，平易浅近，含蓄蕴藉，语浅意深，别具一种耐人寻味的情韵，是历来被人们广泛传诵的名篇。

那时候，博山前有一条南宋京都临安（今杭州）通往南昌、长沙、两广的驿道，文人骚客、商贾名流时常穿梭往来，辛弃疾也经常往返于这条驿道中。尽管博山道四周松竹横斜，苍翠欲滴，清泉穿石，水声潺潺，但

⊙博山古道

辛弃疾报国之志未酬，心中却有千般苦痛，万般忧愁。有一天，他提笔在道中的石壁上写下了这首词。

有人统计过，辛弃疾类似这样在博山道中作的词，多达七首，其中在道中石壁挥毫而成的就有三首。

在当地一位老人的引导下，我们找到了博山上的古代驿道，它忠实地卧于山中的密林斜坡间，静静地等待着我们的到来。

古道随着山势曲曲折折，古道上有的地方铺着筑路石，看得出来，它们被千万双脚踩踏得有些光滑。但更多的地方还是被厚厚的落叶所覆盖，在默默地证明着，这里许久没有人来过了。

走在辛弃疾当年走过的古道上，心中当然不会平静。试想，那时辛弃疾曾有多少次往返在这条古道上？有多少次徘徊在这里的密林间？这首词他当年是书写在哪块石壁上的？

密林中静静的，没有一丝风吹，没有一声鸟鸣。难道天地万物对辛弃疾的报国情怀、满腹忧愁只有沉默？

许久，我们忽然读懂了眼前情景的寓意：欲说还休啊！

鹧鸪天·博山寺作

辛弃疾

不向长安路上行，却教山寺厌逢迎。味无味①处求吾乐，材不材间②过此生。

宁作我，岂其卿。③人间走遍却归耕。一松一竹真朋友，山鸟山花好弟兄。

① 味无味：无味才是真味，此处指淡泊无味。
② 材不材间：成材与不成材之间。
③ 宁作我，岂其卿：大意是要相信自己，不依附别人。

博山寺在江西省上饶市广丰区的博山上，也叫能仁禅寺。当年辛弃疾遭谗罢官，流寓上饶、铅山等地，常来往于博山，饱览这里的山光水色。有时他就住在寺中，写下与博山寺有

⊙博山寺（能仁禅寺）山门

⊙博山寺（能仁禅寺）内景

◎博山寺（能仁禅寺）外观

关的词作十一首，并应寺内长老的邀请，为博山寺作记。

博山寺在历史上留下了很多有趣的故事。据说初建寺时，法师去远处的大山里寻找木材，他见到有一处山中古树参天，就对守山人说，能不能借些树木建寺院。守山人见他两手空空，料他也运不了多少木材，便点点头，问他要多少。法师说只用他袈裟那么大的面积。守山人有些好奇，便爽快地答应了。哪里想到，法师的袈裟一展，整个就盖住了一面山谷，那些参天大树陆陆续续地通过地下，一直运到了博山寺。

人们一直都知道，博山寺十分富有，当地流传着一个说法：博山寺，穷归穷，能抵一百八十万斤铜。是说博山寺里有许多很大的古钟，加上其他法器约有一百八十万斤重。

现在我们来到博山，第一眼就能看到山中的博山寺，在一片翠绿之中显出夺目的色彩。走上前，见山门上写着"能仁禅寺"四个大字。寺中有关于这座寺院的简介，还专门提到当年辛弃疾在寺中养病及与寺僧交流的经历。

其实，博山寺在多少年前就被完全焚毁，我们现在看到的，是20世纪80年代开始重建的。如今，博山寺新建成殿宇厅堂十余座，镂金佛像几十尊，使这座历史上著名的江南古刹又重现了昔日风采。

在这首词中，辛弃疾表达了才四十多岁的他已经不再关心国家之事了，只流连于博山寺和它周围的山水，以致博山寺都讨厌与他相逢了。而实际上，他如何能够放得下，只是当权者对他始终若即若离，不能真正信任，而主和派又百般猜忌，以致他在几乎二十年的时间里被闲置不用，壮志难展。

词中有"材不材间过此生"句，引用的是《庄子》中的一个故事。庄子与弟子漫步在山林之中，看见一棵大树，因长得弯曲，没什么用处而不被伐木工砍伐，才能完整地享受它的自然寿命。而庄子来到老朋友家，朋友杀的是不能鸣叫的大雁做菜。弟子问庄子，树因不成材而能度完它的自然一生，而这只雁却因不材送了性命，先生将站在哪一方？庄子答道，我将站在那成材与不成材之间。

其实，辛弃疾在这里表达的完全是一种无奈的心情，他的内心，一定是会站在成材的立场上的。

博山寺是有功的，它抚慰了辛弃疾受伤的灵魂；博山寺是有幸的，辛弃疾的诗文让它被世人所知。

破阵子·为陈同甫赋壮词以寄

辛弃疾

醉里挑灯看剑，梦回吹角连营。八百里^①分麾下^②炙^③，五十弦^④翻^⑤塞外声，沙场秋点兵。

马作的卢^⑥飞快，弓如霹雳弦惊。了却君王天下事，赢得生前身后名。可怜白发生！

① 八百里：指牛。古时晋王恺有良牛，名"八百里驳"，后世诗词多以"八百里"指牛。

② 麾下：指部下。麾，军旗。

③ 炙：烤肉。

④ 五十弦：本指瑟，泛指乐器。

⑤ 翻：演奏。

⑥ 的卢：马名，一种额部有白色斑点、性烈的快马，三国时刘备的坐骑。

1189年冬天，辛弃疾的好友陈亮自家乡永康出发，沿浙赣道顶风冒雪，跋涉八百多里，来上饶会见了辛弃疾。陈亮比辛弃疾年轻两三岁，而且三次考科举不中，此时还是乡间一介布衣（后来中了状元），却保持着一名职业军人时刻在岗的素养，每天早上起来必练剑。他的昂扬斗志和火热激情，使辛弃疾又回到了当年"气吞万里如虎"的精神状态，本来正患病卧床，竟不知不觉地好了起来。两人雪中煮酒，纵论天下大事，十分痛快。

当时辛弃疾住在瓢泉。

瓢泉在上饶市铅山县稼轩乡期思村（现西洋村）瓜山下，瓢泉由两个部分组成，一个圆如臼，一个直如瓢。周围由石径环绕，水从半山喷下，流入臼中，而后入瓢，水质澄澈可鉴。辛弃疾发现后，极是喜欢，便在这里买屋居住。后来他在带湖边的居所被大火烧毁，晚年就定居这里。他取孔子"一箪食，一瓢饮"的含义，取名为瓢泉。从此，一个普普通通的山泉与一代词人紧紧地联系在一起。

辛弃疾与陈亮才气相当，抱负相同，都是力主抗金复国的志士，又是慷慨悲歌的词人，两人居瓢泉，游鹅湖，倾心交流了十天，第十一天，陈亮告别辛弃疾东归。

陈亮走后的第二天，辛弃疾心里非常难过。陈亮回去走的是从紫溪经

⊙瓢泉

⊙据说当年辛弃疾就是顺着这里的小路去追赶陈亮的。

⊙辛弃疾晚年就居住于此

永平、江村到茶亭的官道。辛弃疾久居上饶，熟悉地形，他立即启程，抄一条乡间小道，比官道近三分之一的路程，去追赶陈亮。不想，这一天又降大雪，辛弃疾追至芦溪河渡口，天色已晚，雪深路陡，无法前行，只得停下。夜晚听到邻人吹笛，勾起辛弃疾心中的伤痛，在长笛悲歌的大雪之夜，辛弃疾写下了一首《贺新郎》，词中有句："问谁使君来愁绝？铸就而今相思错，料当初，费尽人间铁。长夜笛，莫吹裂！"

也许是两人心有灵犀，这一夜，旅途中的陈亮也彻夜无眠，写信向辛弃疾索词。回到家中，真收到了辛弃疾寄来的《贺新郎》，陈亮便将当夜在旅途中的书信和自己依辛弃疾词原韵所作的词一同寄给辛弃疾。

就这样，两人往返寄词，这首《破阵子》就是其中的一首。

我们来到稼轩乡期思村，发现瓢泉仍在。正巧，村人在对瓢泉周围进行修整、加固，他们说要把瓢泉世世代代保存下去。我们听了，心中好生感动。

瓢泉果真如史料中所记载的那样，"一个圆如臼，一个直如瓢"，泉水仍然清澈。

在期思村，我们找到了辛弃疾故居遗址，听当地人讲述了辛弃疾当年在这里的许多故事。

可惜我们现在看到的只是古时宅基的形状，相关建筑早已不存在。

好在村后的瓜山还在，它见证了这里的一切。

点绛唇·丁未冬过吴松作

姜 夔

燕雁无心，太湖西畔随云去。数峰清苦。商略①黄昏雨。

第四桥②边，拟共天随③住。今何许。凭栏怀古。残柳参差舞。

① 商略：商量，酝酿。
② 第四桥：即吴江城外的甘泉桥。
③ 天随：晚唐陆龟蒙，自号天随子。

1187年冬天，姜夔往返于湖州与苏州两地之间，经过吴松（今江苏吴江）时，写下了这首词。

时值冬季，北方的鸿雁从太湖西畔随着白云飘浮，悠然自在。姜夔以雁自比，虽无定所，却飘然若仙。在吴江，他因地怀古，使无情之物有了

⊙第四桥即甘泉桥，现在也称南七星桥。

感情色彩，道出了沧桑之感，委婉含蓄，引人遐想。

词中所说的第四桥，我们原来以为是这里有好多桥，这座桥按位置排在第四，及至来到这里后，我们发现，情况不是这样的。

第四桥又名甘泉桥，在吴江大运河的岸边。古时这里有一处清泉，水质清冽甘甜，百姓称之为甘泉。后来修运河堤岸时，在泉边修了一座桥，人们叫它甘泉桥。唐代茶圣陆羽善品泉水，称此甘泉为天下第四，所以后人又称甘泉桥是第四桥。

来到吴江汽车客运站东面的京杭大运河边，这里矗立着一座北七星桥，是座新修的拱桥，玉带一样地飘逸着。从这里沿大运河向南，是古纤道，踏着碎石路走过去，不远处是一座平板石桥，地图上标注为南七星桥。当地专家说，古时的第四桥就在这里，只是那甘泉已不知去向。

大运河依然在静静地流着，河上航行着一艘艘满载货物的船只。

古往今来，这第四桥是非常有名的，文人墨客为它留下了无数诗篇。另外，古人觉得这处甘泉非常神秘，以为泉下有龙居住。宋名臣李纲，曾亲临这里，写下《松江第四桥》诗："松江第四桥，风雨不可过。下有百尺蛟，蜿蜒枕桥卧……"

古时在桥北还建有一座甘泉祠，当地人把它称为龙神庙。

⊙大运河遗产点

词中"拟共天随住"句，表达的是姜夔愿意与"天随"一起居住的愿望。"天随"就是晚唐时期的文学家、农学家陆龟蒙，号天随子。

陆龟蒙出身于官僚世家，他本人却屡试不第，之后跟随湖州刺史张博游历，并成为张博的助手，后来回到故乡吴江过起了隐居生活。他有田数百亩，经常亲自参加田里的劳动。平日稍有闲暇，便带着书籍、茶壶、文具、钓具等往来于江湖之上，当时人们又称他为江湖散人。在躬耕垄亩、垂钓江湖的生活之余，他写下了许多诗、赋等。最特别的是，他竟然还写了《耒耜经》，这是中国有史以来第一本古农具专志，共记述农具四种，其中对被誉为我国犁耕史上里程碑的唐代曲辕犁记述得最准确、最详细，是研究古代耕犁最基本、最可靠的文献，历来受到国内外有关人士的重视。

姜夔的一生，生活一直没有着落，经过陆龟蒙的隐居之地，自然就对他的这种生活产生了向往。

而今，大运河、第四桥边，仍在，天随子、姜夔，俱往矣。"念天地之悠悠，独怆然而涕下。"

传言玉女·钱塘元夕

汪元量

片风流，今夕与谁同乐？月台花馆，慨尘埃漠漠。豪华荡尽，只有青山如洛。钱塘依旧，潮生潮落。

万点灯光，羞照舞钿歌箔。玉梅消瘦，恨东皇①命薄。昭君泪流，手撚琵琶弦索②。离愁聊寄，画楼哀角。

① 东皇：指春神。
② 弦索：指乐器上的弦，这里指琵琶。

这首词作于南宋末期，当时元军已兵临城下，杭州城内虽然台馆依旧林立，但已弥漫着敌骑的漫漫尘埃，作者有满腔哀愁，只能寄托在戍楼传来的号角声中。元宵本佳节，而作者听到的却是"哀角"，是伤心之声，恰如为宋王朝奏起了挽歌，有一种大厦将倾的危机感。

我们先看看作者汪元量一生有着怎样的经历。

汪元量是南宋宫廷乐师，据说他的琴声委婉缠绵，余音缭绕，令人如痴如醉。1276年宋廷降元，皇帝、皇后都被元军掠去，汪元量作为宫廷乐师，也随皇帝、皇后北行。他目睹了南宋降元的悲惨一幕，也亲身经历了三宫北上的屈辱，由此写下许多有强烈纪实性的诗史作品，以独特的视角记录宋元更替时期的真实事件。

那时，南宋名臣文天祥被元军所俘，囚于大都，汪元量曾多次去监狱探视，并写下《生挽文丞相》等诗文，勉励文天祥尽节。

文天祥在这里受尽折磨，他曾被绳索一连捆绑十几日之久，曾被镣铐紧箍一月有余。最令人难以忍受的是，元人利用亲情对文天祥进行摧残。当时，文天祥的妻子及两个女儿都被元军捉到宫中为奴，整日受着非人的折磨。忽必烈亲口对文天祥说，只要他能够归顺，就立即任他为元朝丞相，他的妻女就可在一夜之间由苦力变为千金之体。父女相见，百感交集，相

⊙古涌金门

拥一起，泪如雨下。为人父母者，谁不想让自己的子女生活幸福？然而，文天祥最终还是放弃了所有的荣华富贵，坚定地选择了死亡。

在文天祥壮烈殉国后，汪元量又作了《孚丘道人招魂歌》九首，为文天祥招魂。

1288年，忽必烈命宋帝赵㬎学佛法于吐蕃，他的母亲被令出家为尼，从此骨肉分离，天涯各自。赵㬎皇帝出家做和尚的寺庙就是现在西藏萨迦县的萨迦寺。赵㬎在这里老老实实念经、翻译佛经，而且还当上了萨迦寺的总持。没想到，1323年赵㬎还是被元朝统治者杀害，这竟与汪元量有关。

汪元量在北方期间出家为道士，号水云子，后人称之汪水云。过了一段时间，忽必烈终于放他南归。临行的时候，经忽必烈允许，十八位旧宫人于城外置酒，为他饯行，并赋诗作词相赠。赵㬎也写了一首诗："寄语林和靖，梅花几度开？黄金台下客，应是不归来。"几十年后，这首诗被元朝统治者认为其有复国之心。欲加之罪，何患无辞，亡国之痛，又见一斑。

我们来到萨迦寺，得知赵㬎的遭遇后，心有所感，作《应天长·忆赵㬎》："瘦魂依稀窥故园，朱颜渐损知谁怜？雪域冷，江山远，薄衾何堪别梦寒。登高倚危栏，却道梅花已残。耿耿青灯独对，和泪煮荒年。"

汪元量获南归后，先是回到杭州，暂居于西湖岸边，后往来于江西、湖北、四川等地，诗词多记国亡前后的事情。

在知道了汪元量的这番经历后，再回味他的这首词——这首作于南宋王朝灭亡前夕的词，自是会有更深的理解。

我们漫步于西湖岸边，寻找汪元量当年的居所，想找到当年那个元夕的影子，但眼前风光与那个时代已完全无法对接。

一剪梅·舟过吴江

蒋 捷

一片春愁待酒浇。江上舟摇，楼上帘招。秋娘渡与泰娘桥，风又飘飘，雨又萧萧。

何日归家洗客袍？银字笙①调，心字香②烧。流光容易把人抛，红了樱桃，绿了芭蕉。

① 银字笙：管乐器的一种，刻有银字的笙。
② 心字香：心形的香。

蒋捷的一生是在国家危亡、民生多艰的日子里度过的。他不想给那个社会留下些什么，以致现在不知他的生卒年月。所幸的是他也有境遇相同、志趣相合的好友相互往来，或诗词，或题作，留下了生活中的一些片段，令后人可以拼接出他的生活轮廓。

⊙运河边的北七星桥

蒋捷是宋朝的最后一批进士,两年后,南宋王朝便向元军投降。他深怀亡国之痛,隐居姑苏一带、太湖之滨,漂泊不仕,先后居住于几个叫竹山的地方,人称竹山先生。因他在这首词中有"红了樱桃,绿了芭蕉"句,也被人称为"樱桃进士",由此可见这首词被人喜欢的程度。

蒋捷乘船经过吴江县时,见春光明艳,与自己离乱颠簸、迷茫凄楚的心情形成强烈对比,写下了这首词。春光容易流逝,使人追赶不上,樱桃才红,芭蕉又绿了,春去匆匆,夏天又至。词中写出了他乘船漂泊在途中的凄冷愁闷,表达了倦游思归的心情,以及对韶华易逝的感慨。

词中所说的吴江,地名来源于那条叫"吴江"的江,它在古时也称松陵江、松江、淞江,进入上海时又叫苏州河,再后来汇入黄浦江入海。

我们来到吴江,发现这一带河网密布,水乡古镇星罗棋布,满眼的绿树、小桥和粉墙黛瓦的民居,难怪有人说这是一片流淌着诗的水乡。

146

⊙垂虹遗址公园

　　寻找词中"秋娘渡与泰娘桥"时，当地一位权威人士给了我们这样的解释：通常认为指渡口和桥的名字。另一说，"秋娘"和"泰娘"是唐代著名歌女，后延伸为唐代歌女常用名，通称善歌貌美者。

　　还有，这首词另一版本中，是"秋娘度与泰娘娇"，又有了新的解释。

　　不过，在吴江确实找不到秋娘渡与泰娘桥这两处地名。

　　我们来到现在的吴淞江边，江面依旧宽阔，船来船往。我们又来到垂虹桥，在古时，所有到吴江的文人，必经此地，这里在宋时是风景名胜，哪怕不是顺路，也要专门前往。

　　垂虹桥在宋时就横跨在吴江上，现在却已完全淤塞，桥下的江水变成一湾浅水，垂虹桥也已残缺，成为遗址。

147

如 梦 令

李清照

　　常记溪亭①日暮，沉醉不知归路。兴尽②晚回舟③，误入藕花深处。

　　争渡，争渡，惊起一滩鸥鹭④。

① 溪亭：临水的亭台，一说为济南的溪亭。

② 兴尽：尽了兴致。

③ 回舟：乘船而回。

④ 鸥鹭：这里泛指水鸟。

　　这首小词很有灵动之气：常常记起，有一次在溪亭饮酒直到日暮，兴尽之后很晚才划船回家。哪里想到，醉得太厉害，竟然找不着回家的路，不小心进入了荷花深处。大家争着划呀，船儿抢着渡，惊起水边满滩鸥鹭，扑喇喇飞起一片。

寥寥数语，似是随意而出，却又句句有深意，表达了李清照早期生活的情趣和心境，境界优美宜人。

李清照出生于一个爱好文学艺术的士大夫家庭。父亲李格非是进士出身，官至提点刑狱、礼部员外郎，家中藏书非常多。母亲出身于书香门第，很有文学修养。

⊙济南的溪亭泉

李清照生活在这样一个文学氛围十分浓厚的家庭里，耳濡目染，家学熏陶，加上她聪慧颖悟，才华过人，所以自少年便很有诗名。

这首词中的"溪亭"到底指什么地方，李清照没有在词中注明，千百年来，众人议论纷纷。一说是济南"七十二名泉"之一的溪亭泉；二说泛指溪边亭阁；三说指一处叫作"溪亭"的地方；四说是词人原籍山东章丘明水附近的一处游憩之所。

我们先是来到济南的溪亭泉，它位于珍珠泉东侧，南、北、西三面是石雕护栏。东面是山石叠成的假山，古朴自然，山石上镌刻着"溪亭泉"三字。

古时的溪亭泉紧依濯缨湖，北接大明湖，水面广阔可通舟楫，即使到了

⊙溪亭泉附近的小溪

149

⊙章丘李清照故居前

⊙章丘李清照故居。有人说，李清照是在这里"误入藕花深处"的。

明代，这一带水势依然旺盛，如今的溪亭泉附近也有溪流，但却已通不到大明湖了。

也有人认为这里一定不是李清照所说的溪亭，因为在过去，人们认为李清照是济南人，而后来却发现，她家在济南章丘。

我们来到章丘，这里有百脉泉公园，内有李清照纪念堂，还有李清照故居。

这是一处"园在水中、水在园中，景在词中、词在景中"的特色园林，有藕花渡、秋千蹴、凝眸思、庭院深、故乡月等众多与李清照诗词关联的景点，其中巨石垒砌的螺旋形眺台上，握卷沉吟的李清照雕塑最为引人注目。

走进李清照故居，又来到溪亭，体味着李清照的这首词，感觉这里应是这首词诞生的地方。那时，她还是一位妙龄少女。

我们特意来到藕花渡，想看看是否也会"惊起一滩鸥鹭"，结果一只也没有惊起。

原来，我们没有醉酒。

如 梦 令

李清照

昨夜雨疏风骤①，浓睡不消残酒。试问卷帘人②，却道"海棠依旧"。

知否，知否？应是绿肥红瘦③！

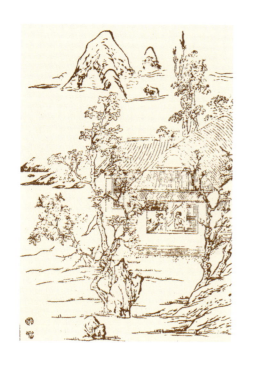

① 雨疏风骤：雨点稀疏，风急猛。
② 卷帘人：指侍女。
③ 绿肥红瘦：绿叶繁茂，红花凋零。

这首词是李清照的早期作品。一夜春雨骤至，词人预感到庭园中的花木必然是绿叶繁茂，花事凋零。清晨一起床，她就急切地向"卷帘人"询问外面的变化，粗心的"卷帘人"却回答"海棠依旧"。词人禁不住连用两个"知否"：这个粗心的丫头，你知不知道，园中的海棠应该是绿叶繁茂、红花稀少才是。"绿肥红瘦"一句，形象地反映出作者对春天将逝的惋惜之情。本词篇幅虽短，但语言清新，词意隽永，非常传神，显示出作者深厚的艺术功力。后人

⊙青州李清照纪念馆

对这首词评价很高，尤其是"绿肥红瘦"一句，更为历代文人所欣赏。

1101年，李清照十八岁，与二十一岁的太学生赵明诚在汴京（开封）成婚。当时李清照的父亲是礼部员外郎，赵明诚的父亲是吏部侍郎，都是朝廷高级官吏。李清照夫妇非常喜爱诗帖碑文等，古老神秘的碑文，带给他们一种特有的文化艺术享受。后几年，赵明诚进入仕途，虽有了独立的经济来源，但夫妇二人仍然过着非常俭朴的生活。这段时光，安静和谐，高雅有趣，小夫妻的生活充满着幸福与欢乐。

一般认为，这首词就写于这一时期。据说，这首词一问世，马上便轰动了整个京师。另外，李清照读了著名的《读中兴颂碑》诗后，当即写出了令人拍案叫绝的和诗《浯溪中兴颂诗和张文潜》两首。诗中总结了唐代"安史之乱"前后兴败盛衰的历史教训，借嘲讽唐明皇，告诫宋朝统治者。一个初涉世事的少女，对国家社稷能表达出如此深刻的关注和忧虑，令世人刮目相看。

还有人说，这首词应作于李清照成婚前，或后几年居于山东青州时。

在开封，我们无处寻找李清照当年的居所，便来到山东省青州市，这里有李清照故居。

当年朝中有党派之争，赵明诚的父亲被罢官，并很快去世，赵明诚也

⊙重建的青州李清照故居

失去了官职。他们无法继续留在京城，李清照只好随丈夫一起回到在青州的私宅，开始了他们的一段乡村生活。

我们走进这里的李清照故居，参观了展室，查阅了相关资料，其中就有这首词作于这里的记载。

徘徊于小院中，这里真真切切是李清照生活过的地方，仿佛能感受到她存在的气息——正当"绿肥红瘦"时。

凤凰台上忆吹箫

李清照

香冷金猊①，被翻红浪，起来慵自梳头。任宝奁②尘满，日上帘钩。生怕离怀别苦，多少事、欲说还休。新来瘦，非干病酒，不是悲秋。

休休！这回去也，千万遍《阳关》，也则难留。念武陵人远③，烟锁秦楼。惟有楼前流水，应念我、终日凝眸。凝眸处，从今又添，一段新愁。

① 金猊：狮形铜香炉。

② 宝奁：华贵的梳妆镜匣。

③ 武陵人远：引用陶渊明《桃花源记》，武陵渔人误入桃花源，此处借指爱人去的远方。

青州李清照纪念馆位于青州古城西门外洋溪湖畔。这里是一片如诗如画的幽境，在绿树环绕的洋溪湖畔有一所恬静的院落，这就是李清照故居。它坐北朝南，大门很小，开在一角，

⊙这里楼前的流水念着李清照的"终日凝眸"。

就像农家草舍的便门。

进院里先看到的是曲折的红色回廊，还有四松亭，亭子四角各种有一棵松树，旁边就是顺河楼。这让我们一下就联想到，当年李清照就是登临顺河楼，才发出词中感慨。当年的情景是"烟锁秦楼"，她一腔思夫之苦，却没人理解，"惟有楼前流水"，才懂得她的"终日凝眸"。原来，李清照词中的描述，是如此真切。

很自然就记起李清照的另一首词："红藕香残玉簟秋。轻解罗裳，独上兰舟。云中谁寄锦书来？雁字回时，月满西楼……"她一定就是在这顺河楼下的洋溪湖畔上了兰舟。

继续往里面走，还有一个单独的院落，那里是当年李清照起居的地方，门额上写着"李清照纪念馆"。

这是一个仿宋建筑的四合院，院落不大，正厅就是李清照曾经在《金石录后序》中提到的"归来堂"，他们夫妇俩大约在这里居住了二十年，

⊙归来堂

那是他们夫妻生活中最美好的一段时光。

那时，李清照与丈夫来到青州，远离了朝廷，远离了家族纷扰，宛若来到了世外桃源，因此李清照就取陶渊明的《归去来兮辞》之意，为她的住处取名归来堂，又取陶渊明的"审容膝之易安"，为内室命名易安室，她也就干脆自称易安居士。这就是后人称她是李易安的来历。

小院右侧的三间厢房，取名易安居，很显然是根据李清照"易安居士"命名的。室内墙壁上悬挂着一些有关李清照夫妇的

⊙李清照的起居室，她在这里"起来慵自梳头"。

肖像诗画等，能引发人们许多想象。

归来堂的室内四壁挂着一些赞颂李清照的古今名人字画，右侧是一间十分雅净的房间，做成寝室的样子，有一个帐幔式木床，上面铺着被褥。

就是在这里，"香冷金猊，被翻红浪"，丈夫在外，满怀愁绪的李清照早晨"起来慵自梳头。任宝奁尘满，日上帘钩"，她也不管。

李清照与赵明诚婚姻美满，情深意笃。他们居住在青州，有一段时间赵明诚还到外地做官，作为妻子，离恨别苦自然难以尽述。这首词写与丈夫分别时的痛苦心情，曲折婉转，一片肺腑之言，在不知不觉中拨动人们的心弦。

一阵清风入屋，似荡漾着她缠绵的诗句。

醉花阴

李清照

薄雾浓云愁永昼[1]，瑞脑[2]销金兽[3]。佳节又重阳，玉枕纱厨[4]，半夜凉初透。

东篱把酒黄昏后，有暗香盈袖。莫道不销魂[5]，帘卷西风，人比黄花瘦。

① 永昼：漫长的白天。

② 瑞脑：一种香料。

③ 金兽：兽形的铜香炉。

④ 纱厨：纱帐。

⑤ 销魂：形容极度忧愁、悲伤。

李清照与赵明诚虽然失掉了昔日京师的优裕生活，却在青州得到了居于乡里平静安宁的无限乐趣。他们节衣缩食，搜求金石古籍，度过了一段平生少有的和美日月。

在这段时光里，有李清照的大力协助，赵明诚基本上完成了《金石录》的写作。

如今徘徊于她的故居，这里依山傍水，风景优美，虽然内部设施简陋，游人也寥寥，却总感觉李清照就应该生活在这样的地方。

归来堂门柱上有一副对联："红雨飞愁千秋绝唱销魂句，黄花比瘦一卷高歌漱玉词。"高度概括了她在诗词方面的才华、风格和成就。

大堂左侧的那个小房间里面，有李清照与赵明诚的汉白玉雕塑。李清照坐在古琴前正专心弹奏，赵明诚立在妻子身后专注聆听，一幅夫唱妇随的画面活灵活现。

小小的院落里，栽种着李清照诗词中的梧桐、海棠、菊花等植物，显得有几分寂寞。院子东北角的几竿竹子带着浓浓的绿意，竹子掩映处，矗立着一个小巧的亭子，名为人杰亭。不由得想起她的诗句："生当作人杰，死亦为鬼雄。至今思项羽，不肯过江东。"这哪里像善于寻愁觅恨、柔婉细腻的小女人的作品？

几年后，赵明诚外出做官，先是知莱州，后来又改守淄州（山东省淄博市淄川区）。这期间，李清照有时随赵明诚居住，有时居于青州。她按捺不住对丈夫的思念，写下大量缠绵悱恻的词作，这一首就是其中之一。

⊙人杰亭

小院外仍属故居部分，有亭有树，很宽敞，很幽静，东面又紧临着洋溪湖，在古时那里是一条河。我们感觉这里就是李清照"东篱把酒黄昏后"的地方。

⊙李清照"东篱把酒黄昏后"的地方。

关于这首词，还有一个小故事。那时，他们夫妻分居两地，常有诗词往返相寄。赵明诚收到李清照的这首词，反复品读，叹赏不已，但他又不甘下风，就闭门谢客，废寝忘食，整理出自己写的五十首词。他把李清照的这首词也杂入其间，请友人陆德夫品评。陆德夫把玩再三，说："只三句绝佳。"赵明诚问是哪三句，陆德夫说："莫道不销魂，帘卷西风，人比黄花瘦。"

真把赵明诚给击败了。

如今，我们在古亭下，沐着曾卷过李清照玉帘的西风，隔世轻嗅那盈袖的暗香。

武 陵 春

李清照

风住尘香①花已尽，日晚倦梳头。物是人非事事休，欲语泪先流。

闻说双溪春尚好，也拟②泛轻舟。只恐双溪舴艋舟③，载不动许多愁。

① 尘香：尘埃中夹杂着花香。
② 拟：准备，打算。
③ 舴艋舟：小船。

这首词是李清照避难浙江金华时所作，那时金兵进犯，丈夫已经去世，家藏的金石文物也大都散失，她孑然一身，在连天烽火中流离异乡，无依无靠，历尽世路崎岖和人生坎坷，处境凄惨。词中借暮春景色，写出了其内心深处的忧愁与悲苦，非一

⊙双溪

般的闺怨词所能比。

1134年十月，李清照自杭州出发，沿富春江溯流而上，来到金华。在金华的几年间，李清照对金华的风物名胜、民俗风情和当地人民的热情好客留下难以忘怀的印象，产生了深厚的感情。

婺江流经金华，与南来的永康江（义乌江）汇合，在两江汇合处有一片三角洲，叫燕尾洲。人们说，这里古时候就叫双溪。

我们来到这里，发现这里是一个非常漂亮的滨河公园，名字是婺州公园。最为引人注目的，是江上南北横跨了一座壮观的"彩虹桥"，它一头连着婺江公园，另一头连着燕尾洲公园和金华的中国婺剧院。大桥是弯曲的流线型，五彩斑斓，真像一道凌江飞架的七彩虹，美轮美奂。漫步在上面，好似置身于人间仙境，令人陶醉。

望着滔滔的江水，我们想，当年李清照在极度愁苦之余，是很需要到外面走一走的，让灿烂的春色来抚慰一下自己受伤的心灵。在春暖花开的季节，双溪这里游人如织，热闹非凡，无疑是最佳选择。然而，她的内心却已承受不了那太多的愁绪，以致担心双溪的"舴艋"小舟，无法承受这一份沉重。

这首词，让人读到了她绝望的心境。

李清照在金华还留下了著名的《题八咏楼》七言绝句："千古风流八咏楼，江山留于后人愁。水通南国三千里，气压江城十四州。"思绪如天马行空，气势可排山倒海，令当时人击节称绝。

八咏楼原名玄畅楼，后改元畅楼，位于金华市城区东南，坐北朝南，面临婺江，楼高数丈，屹立于石砌台基上。这座楼是南朝东阳郡太守、著名史学家和文学家沈约建造的，竣工后沈约曾多次登楼赋诗，先后写下了八首脍炙人口的诗篇，称为《八咏》诗，是当时文坛上的杰作，广为传唱，所以从唐代起，改元畅楼为八咏楼。

八咏楼就在婺州公园这里，我们登了上去，这里有沈约的雕像。进入大殿，里面非常整洁，摆放着许多历史资料，墙上挂着历代字画及情况介

⊙八咏楼

绍，重点介绍了历代名人和八咏楼的关系，李清照是其中重要的一位，她当年登八咏楼写下的《题八咏楼》诗就悬挂在这里。

站在楼上远眺，远处南山连屏，近处双溪蜿蜒，尽收眼底。

如今的八咏楼上，李清照留于后人的忧愁已烟消云散，而八咏楼仍在，会永久延续它的千古风流。

永遇乐

李清照

落日熔金，暮云合璧，人在何处？染柳烟浓，吹梅笛怨，春意知几许！元宵佳节，融和天气，次第岂无风雨？来相召，香车宝马，谢他酒朋诗侣。

中州①盛日，闺门多暇，记得偏重三五②。铺翠冠儿③，撚金雪柳④，簇带争济楚⑤。如今憔悴，风鬟霜鬓，怕见夜间出去。不如向、帘儿底下，听人笑语。

① 中州：中原，这里指北宋的都城汴京。
② 三五：十五日，此处指元宵节。
③ 铺翠冠儿：以翠羽装饰的帽子。
④ 雪柳：以素绢和银纸做成的头饰。
⑤ 簇带、济楚：均为宋时方言，意谓头上所插戴的各种饰物。

这首词是李清照在临安（杭州）时所作，通过南渡前后过元宵节两种情景的对比，抒写离乱之后愁苦寂寞的情怀。

词中先从眼前景物抒写心境，下

面回忆年轻时汴京（开封）繁盛的岁月，那时特别看重这个元宵之夜，总是帽子上镶嵌着翡翠宝珠，头上插着用银纸捻成的雪柳，打扮得十分俊丽。而如今容颜憔悴，头发蓬乱，满腹悲哀，欲语还休，欲哭无泪，表现出强烈的今昔盛衰之感和个人身世之悲。这首词具有超凡的艺术感染力，以至于南宋著名词人刘辰翁每诵此词必"为之涕下"。

　　当年李清照在逃难的途中，丈夫病死，她没有子嗣，无依无靠的她虽然有过人的才华，却也无法养活自己，只能过寄人篱下的日子。就在这样的苦闷和无依无靠中，四十九岁的李清照，再嫁小官吏张汝舟。这次新的婚姻不仅没有给她的生活带来幸福，还将她推下了地狱。原来，张汝舟迎娶李清照的真正目的是图谋她手中的文物，骗婚得逞后，便对李清照横加迫害。李清照识破他的骗局后，为了解除这一婚姻，不惜玉石俱焚，以决绝的态度到官府告发张汝舟当年曾经弄虚作假进入官场。官府判张汝舟有罪，并将他下诏除名。

⊙古钱塘门石碑

宋代法律规定，妻告夫要判处三年徒刑，所以她也被关进监狱。后经翰林学士綦崇礼等亲友的大力营救，李清照在被关押九日之后获释。李清照的再婚和告发丈夫，在当时受到了士大夫阶层的一致谴责，没有人对她表示同情。

李清照继续流浪，她的生活雪上加霜。

在这一时期，李清照还写下了更为著名的词《声声慢》："寻寻觅觅，冷冷清清，凄凄惨惨戚戚。乍暖还寒时候，最难将息……梧桐更兼细雨，到黄昏、点点滴滴。这次第，怎一个愁字了得！"

一字一泪，读来真是让人揪心。

我们来到杭州时，虽不是元宵，但临近新年，整个城市也充满喜庆色彩。各家的阳台上挂着彩灯，街道两旁，大红灯笼随处可见。夜幕降临，各种花灯陆续闪亮，摇曳出动人的风姿。有夜市的地方，更是灯火通明、人流熙攘，璀璨的灯光映在每一张生动的笑脸上，勾勒出浓郁的佳节喜庆氛围。

杭州的夜晚非常热闹，但我们知道，在这些人流中看不到李清照的身影，她"如今憔悴，风鬟霜鬓，怕见夜间出去"。

在李清照写下这首词数十年后，从她的老家山东济南又赶来一位伟大词人，他叫辛弃疾，也是在"宝马雕车香满路"的杭州，也是在"东风夜放花千树"的元宵之夜，写下了"众里寻他千百度，蓦然回首，那人却在，灯火阑珊处"的佳句。

我们想，这"灯火阑珊处"的佳人，会不会就是正在"帘儿底下，听人笑语"的李清照？